Das Obwohl es kalt ist draußen

Umschlagbild: Leanne Surfleet »Us«
Umschlaggestaltung: BoutiqueBrutal.com
Druck und Bindung: CPI books GmbH, Leck
ISBN 978-3-99027-215-2

ANGELIKA REITZER

Obwohl es kalt ist draußen

Roman

JUNG UND JUNG

1

Manchmal sorgte die Musik dafür, dass die Menschen ihn anschauten, als wüssten sie alles über ihn. Und als wäre das schrecklich und schön zugleich. Momente, die wieder vergingen. Dann war er wieder der Typ hinter den Plattentellern. Ein Plattenaufleger, nicht einmal ein DJ, niemals ein *Grandmaster Flash.*

Ante dachte: großes blondes Mädchen. Sie war schön, sicher, aber es waren doch fast nur schöne Menschen unterwegs, Mädchen, Frauen, oft auch Männer. Einen Augenblick lang schaute sie ihn an. Die hellen Stimmen aus den Lautsprechern sangen *Le vent nous portera.* Das Wischen des Jazzbesens, der anhaltende Klang, der vom Schlaginstrument ausging, kein Nachhall. Ante spielte nie das Original, manchmal die Version von *Manu Chao*, selten jene von *Element of Crime* auf, weil Regeners deutscher Akzent ihm bei diesem Lied einfach nicht gefiel. Schönes Lied. Der Sänger hatte seine Freundin, eine französische Schauspielerin, erschlagen, daran musste er denken, wenn der Song lief. Es interessierte ihn nicht, ob Alkohol oder Drogen im Spiel waren, ob sie sich geprügelt hatten oder dass der Totschläger, der angeblich so sensible Sänger mit den wilden und zärtlichen Texten, sich später auch umbringen wollte. Ante hasste Schläger.

In dieser Version klopfte das Klavier ein paar Töne, die Musik sprang herum wie zu einem fröhlichen

Stummfilm, klang wie die Begleitung eines Micky-Maus-Clips. Ganz beweglich war alles, und meistens hüpften die Leute auf der Tanzfläche. Das Arrangement machte es einem leichter, mit dem Pathos umzugehen. Dazu sang ein Mädchenchor, das ging eigentlich gar nicht, und Ante mochte es, hielt aber nie mehr als ein oder zwei Lieder aus. Der Schrecken hatte fast immer mit Ausgelassenheit zu tun.

Vielleicht rechnete er damit, dass sie sich aufregen würde. Oder er war davon ausgegangen, dass sie ihn fragen würde, wer das war. Aber sie fragte ihn nicht, und sie sagte nichts zu ihm. Sie hüpfte nicht wie die anderen. Sie kannte den Song, *Scala & Kolacny Brothers*, kam ihm nahe, stand da eine Weile, dann wandte sie sich wieder ab und den Tanzenden zu.

Der Jazzbesen wischte über die Membran der Trommel: ein beständiger, rhythmisch rauschender Klang. Sie riss die Arme in die Höhe, war vollkommen außer sich. Und gleich wieder bewegte sie sich leicht und ganz im Rhythmus der Musik, *Kiss-Kiss* oder *Move on*, alle tanzten dazu. Sie gab sich der Musik hin, war ganz Musik, und dann wieder Lachen, wie sie lachte, wie sie lauter lachte als alle um sie herum, wie sie es ernst meinte mit dem Lachen, dem Frohsein, der Freude. War sie schöner als alle anderen? Fiel ihm auf, wie sie unbedingt bei ihr sein wollten, um sie herum? Als wäre das ihr Abschiedsfest und jeder Moment mit ihr ein ganz besonderer. Wer konnte das schon sagen in einem Club in der Wiener Innenstadt, lange nach Mitternacht? Große Frauen, die wissen, was sie wollen. Große Frauen, die so tun, als wären sie Spielzeug, teures, edles

Spielzeug. Eine große Frau, die man sieht. Nicht unbedingt sein Fall.

Ante verließ den Club im Volksgarten, und es war, als hätte diese Begegnung gar nicht stattgefunden. Er stand hinter zwei Leuten. Der Mann sperrte sein Fahrrad auf, und als wäre der Weg hier nicht breit genug oder als überlegte Ante umzukehren, stand er da. Es fiel ihm gar nicht auf. Müdigkeit vielleicht oder als würde er sich anstellen, auf etwas warten. Der Mann legte sich das Fahrradschloss wie einen Orden um den Hals, die Frau zog leicht daran, sie küssten sich lang. Dann gingen sie los, er schob mit der rechten Hand sein Fahrrad, den linken Arm um ihre Schultern. Das Werben der beiden umeinander, vor Antes DJ-Pult und an der Bar ging jetzt ins nächste Stadium über. In ein paar Stunden würde Ante sie nicht wiedererkennen, aber jetzt sah er ihre Gesichter und ihre Geschichten vor sich. Wie sie mit ihren Freundinnen am Montag beim Sport reden würde und er mit seinem besten Freund bei einem Bier; dass sie das halbe Wochenende gevögelt hätten, würde wahrscheinlich weder er noch sie in aller Ausführlichkeit beschreiben, aber andeuten würden es beide. Angestellte, vielleicht auch Studenten, die mehr arbeiteten als studierten, die sich gut fühlten, weil sie in der Arbeitszeit ihre Freizeit planten und ihren Chefs manchmal widersprachen. Ideen hatten, kleine vielleicht, aber Ideen.

Es war schon hell. Morgendliche Kühle, auf der Haut das verschwitzte und mehrfach wieder getrocknete Hemd. Ante ging erst los, als die zwei hinter dem Tor verschwunden waren, schon im nächsten Moment wusste er nicht mehr, ob sie nach rechts oder links abgebogen waren.

Ein paar Tage später spielte Ante mit Bibi Tennis, wie an den meisten Mittwochen seit beinahe sieben Jahren. Zuerst waren sie kurz ein Paar gewesen, nach der Trennung spielten sie weiter, sie wurden gute Freunde. Als Bibi mit dem Auto an Ante vorbeifuhr, streckte sie ihren Arm aus dem Fenster und winkte. Sie würde direkt in die Bar zur Arbeit fahren, Ante war mit seinem Freund Christoph verabredet. Zuhause schien die Sonne bei den Fenstern herein, was alles ganz ausgebleicht erscheinen ließ. Eine Staubschicht bedeckte den Boden, die Kisten und Schachteln, herumliegende Kleidung, alles sah so schäbig und versifft aus, dass Ante seine Sporttasche auf den Küchentisch stellte und sofort anfing aufzuräumen. Es war warm in der Wohnung, er schwitzte mehr als vorhin beim Spielen. Steckte Wäsche in die Maschine, räumte Hosen und Hemden in den Kasten, wusch das gesamte Geschirr ab und saugte alle Räume, ohne Pause. Danach wechselte er für jedes Zimmer das Wasser und wischte alle Zimmer zweimal. Als der Parkettboden glänzte und die Wohnung nach Putzmitteln und frischer Wäsche roch, schloss er die Fenster, weil er mit einem Gewitter rechnete. (Und dachte, wie jedesmal, wenn es ums Wetter ging, an seine Mutter.) Er zündete sich eine Zigarette an und verließ die Wohnung.

Ante schaute manchmal durch die Fenster seines Stiegenhauses zum Eingang des Lokals hin, in das er jetzt gehen würde, konnte erkennen, wer da so herumstand. Bei warmem Wetter war vor dem Lokal oft eine

Traube von Leuten, eigentlich waren es drei Trauben, die einander sanft berührten und gleich wieder abstießen. Kleine Wellen, die man gar nicht sehen konnte, wenn man Teil davon war.

Der Wirt begrüßte ihn auf Kroatisch, dann wandte er sich der Frau zu, die neben ihm stand. Sie schaute Ante an. Reflexartig griff er in die Hosentasche nach seinen Zigaretten. Sie schaute ihn direkt an. Er hatte die Zigarette schon im Mund. Ante ließ die Hand in der Hosentasche mit dem Päckchen. Wenn er jetzt in das Lokal ging, würde sie aus seinem Leben verschwinden, bevor sie überhaupt aufgetaucht war. Sie lächelte. Sie war jetzt eine ganz andere Frau, aber er erkannte sie wieder. Großer Mund, die Lippen nicht prall, auch nicht dünn, ein leichtes, vielleicht schüchternes Lächeln, das gar nicht zu der Ausdauer und Beharrlichkeit passte, mit der sie es ihm schenkte. Leute drängelten an ihm vorbei, drinnen war es voll, und manche machten in der Tür halt, er stand im Weg. Jetzt lächelte er endlich zurück, so gut er das konnte, und ging hinein.

Ein Raunen, dann Johlen und Rufen, der Tormann von *Arsenal* bekam eine Gelbe Karte, nein, sogar eine Rote, und schleppte sich vom Platz. Die Aktion hatte Ante nicht gesehen, aber sie würde mehrmals wiederholt werden. Er musste immer zu denen aus dem Süden halten. Außerdem spielte *Barça* den schöneren Fußball. Sein Freund Christoph saß am Tisch neben der Durchreiche zur Küche, mit Leuten, die Ante nicht kannte. »Hast du mit der Bibi jetzt wieder ein recht intensives Training?« Christoph grinste ihn mitleidig an, wobei nicht klar war, ob sich das Mitleid auf die Beziehung zu Antes Tennispartnerin bezog oder darauf, dass er den Anpfiff verpasst hatte. Sie konzentrierten sich auf das Spiel und tranken Bier.

Drei Stunden später kam die Frau aus dem Klo, stellte sich an die Bar und sagte zum Wirt, dass sie gehen müsse und deshalb sofort und bei ihm ihre Zeche zahlen würde. Sie war jung, sie sagte »Zeche«. Wenn das zusammenpasste, könnte es ihm gefallen. Solche Gedanken hatte Ante. Die anderen würden sie doch nur überreden wollen, aber sie müsse am nächsten Tag aufstehen und – sie sagte noch etwas, das Ante nicht verstand, der Wirt antwortete nuschelnd. Sie redete weiter.

»Das heißt, du trinkst jetzt nichts mehr mit mir, oder was?« Das war Ante, was für ein bescheuerter Satz! Sofort verschwinden, vielleicht hatte sie es gar nicht gehört. Er und Christoph saßen noch am Tisch, der voll war mit Biergläsern, es waren ziemlich viele. Normalerweise räumten sie die leeren Gläser doch ständig weg. Wie ein kleiner Bub, der ein großes Mädchen anspricht, aber sich eigentlich wünscht, sie möge es lieber nicht hören. Scheu vor den Konsequenzen. Sie gab dem Wirt einen Zwanziger, er zählte Geld aus seiner Kellnerbrieftasche. Christoph starrte ins Leere, er hatte nichts mitbekommen. Wenn Ante ihn jetzt nicht antrieb, würde er hier einschlafen. Die Frau wandte sich ihm zu. Sie war betrunken, das Blau ihrer Augen zerfloss, in alle Richtungen. »Ich hab echt auf deinen Anruf gewartet.« Er wunderte sich. Der Satz glich die Schieflage ein bisschen aus. Sie war vielleicht einen Meter achtzig groß und schaute zu ihm herunter. Ante sagte: »Diesmal warte ich.« Ihre Stirn verfinsterte sich, dann schmunzelte sie, griff hinter die Bar nach einem Rechnungsblock und schrieb seine Nummer auf.

2

Stevan stellte das Fahrrad vor der Garage ab, nahm den Korb mit den Lebensmitteln vom Rad und ging damit ins Haus. In der Küche strich er Marija übers Haar und über die Schulter, eine Geste, an die sie sich später erinnerte, als wäre es das Letzte, was von ihm bleiben sollte. Marija lachte, als sie sagte, er solle sich hinlegen, wenn es ihm nicht gut gehe. Stevan, der drei Jahre vor ihr in Pension gegangen war, hatte eine Zeit lang alles an sich gerissen, sich um alles kümmern wollen: den Haushalt, den Garten, die Enkelkinder, Nachbarn und Freunde. Aber seitdem auch sie zuhause war, hatten sie sich wieder aufeinander eingestellt, genossen den gemeinsamen Alltag. Stevan kümmerte sich um die Einkäufe, sie kochte wieder regelmäßig, im Garten arbeiteten sie zusammen. Stevan ging drei-, viermal pro Woche in die Bibliothek, durchforstete dort Zeitschriften und kam mit Büchern von Andrić, Goethe und Dostojewski nachhause, aus denen er ihr auf der Terrasse oder im Wohnzimmer vorlas.

Montags aß Ivo, ihr Enkelsohn bei ihnen, bevor er zum Fußballtraining ging. Als Ivo nun läutete und mit einem Freund im Schlepptau hereinkam, holte Marija ihren Mann zum Essen. Das war eineinhalb Stunden, nachdem er über Müdigkeit geklagt und sich hingelegt hatte. Stevan stand auf, setzte sich aber gleich wieder hin, er glitt aufs Sofa zurück. Seine Frau, die noch im

Zimmer war, war sofort bei ihm, sie flüsterte: »Stevan, Stevan, šta je s tobom?« In ihr war Panik. Sie atmete tief durch und sagte leise, wie beschwörend: »Gut, alles gut, es geht gleich wieder, das war doch gar nichts!« Ihr Mann rührte sich nicht. Wo war das Telefon? Marija rief nach ihrem Enkelsohn, der reichte es ihr aus der Ladestation neben dem Fernseher, sagte ihr die Nummer der Rettung. Plötzlich riss Stevan die Augen auf, ganz weit waren seine Pupillen. Er schaute ins Nichts. Marija hielt ihm die Hand, suchte nach Puls, fand keinen.

Wie lange es gedauert hatte, bis die Rettung gekommen war, wussten sie nachher nicht zu sagen, laut Einsatzprotokoll waren es etwas über zehn Minuten. Als sie schon die Sirene des Rettungsautos hörten (oder auch nicht), verfärbte sich Stevans Haut auf einmal ganz grau. Ivos Freund war nach draußen gegangen, um den ankommenden Rettungsleuten den Weg zu zeigen, Ivo blieb bei der Großmutter im Wohnzimmer. Aus der Küche hörte er ein Geräusch, er wollte später nachschauen, vergaß es wieder. Als er Stunden danach mit der Großmutter und seiner Mutter zurückkam, war das Wasser, das zu Mittag gekocht hatte, vollständig verdampft, aber es war nichts passiert. Marija nahm mit zwei Topflappen ihren großen Edelstahlkessel von der Platte, sagte fast tonlos: »Spätzle und Pasta«, und trug den Topf nach draußen. Sie warf ihn ohne ein weiteres Wort in die Mülltonne.

Auf der Fahrt zu seinen Eltern telefonierte Ante mehrmals mit seiner Schwester Lilijana. Ihr Vater habe einen Plötzlichen Herztod erlitten, die Ursache dafür kannte man noch nicht. Dass sein Vater vom Einkaufen gekommen sei und die Lebensmittel ins Haus gebracht habe und sich ein wenig schwach, plötzlich matt gefühlt habe, etwas schwindlig. Es könne ein Kammerflimmern gewesen sein. Sich dann hingelegt habe. Vielleicht ein Herzfehler. Lungenembolie schlossen die Ärzte aus, seine Schwester wusste nicht mehr, warum.

Der Ausdruck »Plötzlicher Herztod« war schwer zu ertragen, und Ante wollte immer noch einmal hören, was unmittelbar davor geschehen war. Aber seine Schwester mochte nicht die ganze Zeit telefonieren, außerdem müsse er doch gerade in Deutschland sein, das koste ja extra. Sicher hatte Lili jetzt Flecken auf den Wangen, wie als Kind, wenn sie das Weinen unterdrückte. Sie war wieder seine kleine große Schwester, mit der er sich wortlos verstand, und auf einmal freute er sich, sie wiederzusehen, wenn auch nur für einen Moment, bis ihm der Anlass wieder einfiel.

Wie konnte man einen Tod überleben?

Krank war der Vater nie gewesen, aber er hatte sich auch nicht besonders um seine Gesundheit gekümmert. Er hatte mäßig geraucht und bei Gelegenheiten ordentlich getrunken, er aß immer viel, war aber nicht dick, eher kräftig, gedrungen. Früher war der Vater geschwommen, er war ein guter Schwimmer, als Jugendlicher war er im Schwimmclub gewesen. Er war mit Lili und Ante regelmäßig ins städtische Hallenbad gegangen, auch im See geschwommen, früher. Der Vater ging gerne zu Fuß, aber das Wandern hatte ihn nie interessiert, außer es ging auf die Pirsch oder er war mit den Schafen, die er manchmal noch für seinen allerersten Vermieter hütete. Oft hatte er gesagt: »Eigentlich bin ich Hirte.«

Ante sprach Bibi auf die Mailbox, wusste nicht, was er ihr sagen sollte. An seinem vierzigsten Geburtstag war sie mit ihm gekommen. Da hatten die Eltern vielleicht noch gedacht, dass aus ihnen ein richtiges Paar werden könnte, aber dann hatte Stevan, ohne dass er von Bibis Kindern überhaupt gewusst hatte, zu ihm gesagt: »Für Kinder wird es wohl zu spät sein.« Seine Freundin war Ante überhaupt nicht alt vorgekommen mit ihren zwei, zweieinhalb Jahren Vorsprung. Vielleicht war er damals wirklich in sie verliebt gewesen. Der Gedanke, sein Vater könne sterben, ohne seine Kinder kennengelernt zu haben, war auf einmal da, heftig.

Vor einem halben Jahr waren Antes Eltern das letzte Mal in Wien gewesen. Seine Mutter zog mit Anna, der Tochter seiner Schwester Lilijana, die gerade zu studieren begonnen hatte, durch die Boutiquen der Stadt, kaufte Stoffe, nähte und kochte, und der Vater wollte ein paar Dinge in der Wohngemeinschaft richten, in die sie gerade gezogen war. Danach fuhr er mit Ante in die Fabrik von *Aufderklam Audio* nach Tschechien. Im Auto hatten sie nur über die Firma geredet, die schöne, puristische Plattenspieler zu einem günstigen Preis herstellte. Das war vom ersten Tag an ein gutes Geschäft gewesen, obwohl sich erst kurz zuvor CDs am Markt etabliert hatten. Hans Aufderklam hatte eines Tages zufällig einen Plattenspieler entdeckt, der als Nebenprodukt in einer tschechischen Staubsaugerfabrik gebaut worden war, hässlich, aber funktional. Er kaufte die Fabrik, die vor der Auflösung stand, und stellte seinen ersten Plattenspieler her. Er war ein Bastler, und er war besessen von gutem Sound.

Nachdem Ante ein paar Jahre für Hans gearbeitet hatte, sollte er ins Geschäft einsteigen. Aber Ante war zuerst unsicher gewesen, wollte keine Verantwortung übernehmen und mittlerweile war er zu feig, Hans noch einmal auf die Beteiligung anzusprechen. Jetzt schien es ihm wie eine weitere Enttäuschung für seinen Vater, dass der Sohn immer noch nur der Angestellte einer gut gehenden Firma war, dass nichts von all dem ihm gehörte.

Der Vater war in Sarajevo aufgewachsen und mit Mitte zwanzig nach Österreich gekommen. Kurz nachdem seine Frau angeworben worden war, reiste er ihr mit einem Touristenvisum für Deutschland über Salzburg nach Vorarlberg hinterher. An einem Freitag in Wolfurt angekommen, sei er am Montag darauf mit einigen Türken zu *Elektra Bregenz* gegangen, weil jemand erzählt hatte, dass es dort Arbeit gebe. Als ein Angestellter sich die Neuen angeschaut habe, sei er als Erster aus der kleinen Gruppe herausgetreten und habe dem Mann sein Mechanikerdiplom, das er zuhause übersetzen habe lassen, hingehalten. Am nächsten Tag habe er angefangen. Der Vater redete nie vom Rotationsprinzip, davon, dass die meisten Gastarbeiter davon ausgingen, bald wieder nachhause zurückzukehren. Ausländerfeindlichkeit gab es in seinen Augen nicht, obwohl er wusste, dass manche Fremdarbeiter nicht Deutsch lernen durften. Der Vater sagte dann: »Die Arbeit lag auf der Straße.« Oder: »Einem Handwerker geht die Arbeit nie aus …«

Die halbe Kindergartengruppe hatte Ante »Tscholaktschuss« gerufen, die Verballhornung aus Čolak, seinem Nachnamen und Tschusch, aber das verstand er erst Jahre danach. Weder Lili noch Ante erzählten zuhause, wenn man sie beschimpfte.

Ein paar Wochen nach Stevans Ankunft kamen die Eltern auf einem Bauernhof unter, in einer Wohnung, die an den Stall angebaut war. Die Mutter erzählte vom Glück, die Kinder nachholen zu können, der Vater von seinem Fortkommen in der Firma. Man schickte ihn für Deutschkurse nach Wien, er machte Weiterbildungen in München und Zürich. Er blieb, bis die Produktion nach Tirol verlegt wurde, fast zwanzig Jahre. Drei Tage war er arbeitslos, dann wurde er von einer Firma für Skilifte eingestellt. Ab nun kümmerte sich der Vater um mehr als fünfzig Arbeiter, was ihn ebenso mit Stolz erfüllte wie die Tatsache, dass sein neuer Chef Jahre zuvor bei ihm ein Praktikum gemacht hatte.

Bei den Bauern lernte Stevan Kühe füttern, melken und ausmisten, Schafe hüten. Der Bauer nahm ihn auf die Jagd mit, das war damals als Belohnung gemeint gewesen, als Dankeschön, aber für den Vater waren Schafehüten und Jagd eins. Nie klärte er jemanden, der »vom Bödele« kam oder aus einer kleinen Gemeinde im Walsertal, darüber auf, dass er in einer Großstadt aufgewachsen war. Dass die anderen davon ausgingen, er habe erst jetzt, hier bei ihnen, die Zivilisation kennengelernt, nahm er stoisch hin. Deutschkurse absolvierte Stevan, bis er der Beste war, er lernte mit den Kindern und mit seiner Frau.

Nur nicht auffallen.

Sprache, Schule, lernen. Am Hof arbeiten, bis es manchmal sogar dem Bauern zu viel war. Man musste auch Freizeit machen, allerdings im rechten Maß. Als sie in ihr eigenes kleines Haus nach Dornbirn zogen, ging es darum, sich mit den Nachbarn zu vertragen, ihnen aber auch nicht zu nahe zu kommen; sie könnten einen für typische Jugos halten, was es ebenso zu vermeiden galt wie alles andere, das sie herausgehoben hätte. Hilfsbereit sein, aber nicht aufdringlich. Mit den Kindern einer bosnischen Familie, die beim Bahnhof wohnten, durften Ante und Lili sich nicht abgeben. »Sie werden uns immer an den Schlechtesten messen«, das war die einzige Begründung des Vaters.

Sie fielen nicht auf: in ihrer Straße, in der Schule, am Arbeitsplatz nur positiv. Wenn die Mutter ihre geliebten jugoslawischen Chansons zu laut hörte, machte der Vater anfangs die Fenster zu. Wäre Ante mit einer schlechteren Note als einer Zwei in Deutsch nachhause gekommen, wäre für den Vater eine Welt zusammengebrochen. Trotzdem hatte der Vorarbeiter Ante bei seinem ersten Ferialjob mit den Worten empfangen: »Du arbeiten gut, wir sein gute Freunde.« Wenn Ante seinem Vater das berichtet hätte, hätte der ihn nur angeschaut, als wollte er ihn durchleuchten, um herauszufinden, was den Sohn als Gastarbeiterkind enttarnt haben könnte.

Auf den letzten hundert Kilometern spürte Ante die Müdigkeit heraufkriechen, er konnte nicht mehr voll aufs Gas steigen. Er rechnete damit, dass er zu spät kommen würde, aber als er feststellte, dass er nicht ins Krankenhaus, sondern nachhause gefahren war, nahm er das als gutes Zeichen. Er würde nicht am Grab seines Vaters stehen, mit Bibi an seiner Seite, zwischen Cousins und ihren Frauen und Kindern, ehemaligen

Arbeitskollegen, Nachbarn, jetzt war er wieder fast sicher. Aber wie konnte einer weiterleben, nachdem sein Herz schon tot war?

Ante parkte in der Straße seiner Eltern. Nachdem er seine Reisetasche vom Rücksitz genommen hatte und zusperren wollte, hörte er es im Auto klingeln. Langsam öffnete er die Fahrertür, nahm sein Telefon aus der Halterung und drückte den Annahmeknopf. Was er hörte, war eine Frage, gerade so, als wäre er der Anrufer. Er kannte den Namen der Frau nicht. Wie sie ihn angeschaut hatte. Als hätte sie auf ihn gewartet. Er lehnte am Auto, sie unterhielten sich. Kurze, belanglose Sätze, währenddessen holte er eine Zigarette aus der Hemdtasche, rauchte.

Er war Stunden im Auto gesessen, spürte die frische Nachtluft und das Nikotin gleichzeitig sich in seinem Körper verteilen. Der Rauch brannte in seinen Augen, er fühlte sich erleichtert. Er machte einen tiefen Zug, sie fragte ihn, warum er so stöhne. Er antwortete nicht, er kam sich vor wie ein Teenager. Dann meinte er: »Ich muss jetzt, ich bin gerade bei meinen Eltern angekommen, sie warten drinnen auf mich.« Er legte auf.

Sie warten drinnen auf mich.

Ante dämpfte die Zigarette aus und ging weinend durch den kleinen Vorgarten ins Haus seiner Eltern.

3

Barbara radelte die Alszeile hinaus.

Glück: ihr Fahrrad, das sie seit ihrem zwölften Geburtstag besaß. Weil die Pedale ein wenig wackelten, konnte man nicht so schnell fahren. Musste man nicht so schnell fahren. Dass das Treten dadurch schwerer wurde, nahm sie in Kauf. Sie mochte, wenn die Zeilen der Weinstöcke neben der Straße auftauchten, idealerweise fuhr dann auch noch eine Straßenbahn vorbei: langsam aus der Stadt hinaus, Weinberge, Sonne. Und wie die Sonne schien. Auf dem Gepäckträger hatte sie ein Badetuch. Sie fuhr zu einem Teich, es war warm, endlich. Wenn das weiche Licht einen berührte und die Haut sich langsam erwärmte. In der Stadt waren kaum Autos auf den Straßen unterwegs gewesen, was sie an ihre Kindheit denken ließ. Gleißender Asphalt und die Ruhe eines leergeräumten Ferientags.

Sie war später losgefahren als geplant, dann einmal vom Weg abgekommen, aber jetzt fuhr sie an dem großen Sportzentrum vorbei, war also wieder richtig und sollte gleich da sein, etwas zu spät. Holzpfeile zeigten an: *Gasthaus Hanslteich, 5 Minuten Gehzeit.* Und darunter: *Ganzjährig geöffnet von Oktober bis Mai Mittwoch Ruhetag.* Barbara stutzte, bis sie verstand, dass ein Satzzeichen fehlte. Sie freute sich auf eine Abkühlung, rechnete damit, dass das Wasser nach all dem Regen der letzten Tage und Wochen trüb sein würde. Auf dem kleinen Parkplatz stand ein Auto, die überdachte Terrasse war leer, das Gasthaus wirkte überhaupt geschlossen, aber von drinnen hörte sie etwas. Er war nicht da? Als sie um die Terrasse herumging, stellte sie fest, dass der Teich ein Tümpel war, nichts, worin man baden konnte, auch nicht mit viel gutem Willen. Sofort waren Gelsen um sie herum, stachen sie in die Kniekehlen, in die Oberschenkel, durch den dünnen Stoff des Rockes. Ein Stück weiter den Weg entlang fuhren zwei Kinder auf zu kleinen Fahrrädern Richtung Schrebergartensiedlung. Barbara lehnte ihr Fahrrad an den Jägerzaun und trat auf die Terrasse.

Es war alles ein bisschen heruntergekommen, der Lack der Tische, Bänke und Stühle war abgeblättert, der Fußboden knarzte. Als hätte man den Ort schon vergessen. Sie sah niemanden, hörte aber jemand summen und mit Geschirr klappern. Sie setzte sich an einen der Tische. Bei der Frau, die kurz danach neben ihr stand, ohne dass sie sie kommen gehört hätte, bestellte sie ein großes Soda-Zitron. Die Frau trug eine Kittelschürze, alt, aber nicht schäbig. Barbara dachte manchmal, dass die Menschen sich wünschten, sie würde sich mit ihnen unterhalten (Wie lange gibt's das Gasthaus schon? Warum heißt der Teich Hanslteich? Sind hier immer so wenig Leute?), aber sie konnte sich zurückhalten, und bald war die Frau wieder verschwunden.

Sie konnte es nicht fassen, dass er sie warten ließ.

Von drinnen kam jetzt Musik. Außer der Menage mit Salz, Pfeffer, Zahnstochern und einer Flasche Maggi waren die Tische leergeräumt, nur auf einem lag eine aufgeschlagene *Sonntagskrone*. Keine Spur von einem Gast, der gerade gegangen war.

Wäre er ihr begegnet? Sie war sicher, dass er kommen würde, aber nicht, wie lange sie auf ihn warten würde. Würde sie eben ein Stück in den Wald hineingehen und das Handtuch ausbreiten, darauf ausruhen, kühle Waldluft, ein wenig dösen. Sie war nicht müde, aber der Gedanke gefiel ihr. Baden keinesfalls. Sie lupfte den Kragen ihres T-Shirts, um nachzuschauen, ob sie überhaupt den Bikini anhatte.

Dann stand er neben ihr. Zigarette im Mund, er wollte sie ausmachen, auf dem Tisch war kein Aschenbecher. Er hatte noch gar kein Wort gesagt, sich auf die Bank ihr gegenüber gesetzt, die Zigarette doch auf dem Boden ausgetreten. Sie konnte sich nicht erinnern, dass er an dem Abend im Volksgarten geraucht hatte, sie hatte ihn nicht die ganze Zeit beobachtet. (Sie hatte ihn gesehen und dann, einen Abend lang, immer wieder, angeschaut, es war ihr nicht anders möglich gewesen. Sie lächelte in sich hinein, verglich ihr Gegenüber mit dem Mann hinter dem Mischpult, mit dem Bild aus dem Lokal im Vierten. Da stand er, da saß er, rauchte.) Er war entweder verlegen oder total abgebrüht, seine Chancen abwägend vielleicht, dachte Barbara. Oder er fragte sich, was er hier mache. Sie lächelte so gut sie konnte (sie konnte gut lächeln: freundlich, zurückhaltend, aber so, dass für jeden ganz deutlich zu spüren war, er war gemeint). Er hatte sich schon wieder eine Zigarette angezündet. »Schön, dass du hier bist.« Er redete langsamer als am Telefon. Entschuldigte sich nicht für seine Verspätung. Wenn sie damit gerechnet habe, dass man hier baden könne, sei sie jetzt wohl enttäuscht. Er sei schon länger nicht mehr hier gewesen, deutete über die Terrasse, den kleinen Teich, »es ist immer noch … sehenswert, oder?«

Jetzt kam die Frau in der Kittelschürze wieder, Ante bestellte ein großes Bier und einen Aschenbecher, Barbara Kaffee, und sie wollte Kuchen essen: Es gab Topfenstrudel, was nicht besonders verlockend klang, aber sie nahm ihn trotzdem. Antes Hemdsärmel waren hochgekrempelt, er trug verwaschene Shorts, die ihm bis zu den Knien reichten, Turnschuhe. Er war wie sie mit dem Fahrrad gekommen, allerdings aus der anderen Richtung. Barbara lobte ihn für die Strecke, die er gerade zurückgelegt hatte. Erzählte, dass sie Sport studiert, aber schon bald festgestellt hatte, dass sie zu faul war, um regelmäßig und ausdauernd Sport zu treiben. »Ich mache alles eigentlich ganz gern, aber es geht mir so schnell auf die Nerven, dass ich in keiner Disziplin auch nur halbwegs gut bin«, und sie landeten überhaupt bei Sportarten: Dass Ante Tennis spiele, weil es ein sozialer Sport sei und Disziplin und Kraft in einem guten Verhältnis erforderte (meinte er das ironisch?), und dass er mit dem Rennrad fahre, was nichts mit Ehrgeiz zu tun habe, er fahre mehr so wie früher, um von A nach B zu kommen und dabei einen schönen Umweg zu machen.

Dass er als Jugendlicher einen Fahrradausflug in die Oberpfalz gemacht habe: Damals hatten die Rennräder Lichter, Stützen und Gepäckträger, seine paar Habseligkeiten waren in einem Rucksack verstaut, der immer wieder von seinem gelben *Chamonix* (fast neu, selbst bezahlt) rutschte. Seit ein paar Wochen war er damals offiziell Ingenieur, seine Eltern erfüllte das mit viel Stolz, dabei war es gar kein richtiger Titel. In jenem Sommer hatte seine Mutter ihm von einer Gruppe von Vorarlbergern erzählt, die schon in den Sechzigerjahren gegen ein Schweizer AKW demonstriert und sich in Zwentendorf engagiert hatten, ehrbare Leute. Antes Mutter hätte sich das nicht getraut, auch wäre sein Vater dagegen gewesen, sich politisch zu äußern (»Wir sind hier Gäste.«), aber sie bewunderte diese Menschen. Anders als die Eltern seiner Freunde hatte sie sich gefreut, als ihr Sohn nach Wackersdorf aufbrach, auch wenn die jungen Männer nur Musik hören wollten.

Barbara wusste, dass Ante von den Achtzigerjahren redete, musste an ihren Vater denken, der als junger Mann mit dem Fahrrad nach Italien gefahren war, aber zwanzig Jahre früher.

Ante hatte noch an diesem Vormittag nicht viel mehr über Barbara gewusst, als dass sie groß und blond war und ihn auf eine sehr spezielle Weise angeschaut hatte. Jetzt war auf einmal die Ausgelassenheit und das Eingeschworene, die Leichtigkeit des Sommers 1986 da, als hätte sie das ausgelöst. Das Übernachten in Heuschobern und die Polizisten, die so jung waren wie Ante und seine Freunde, Anfang zwanzig. *Es ist wahr, es ist wahr …* Noch nie und nie mehr hatte Ante sich so pathetisch wie bei Rio Reiser gefühlt. Das war überhaupt nicht seine Musik! Er hatte das nie jemandem erzählt, andererseits: Warum nicht? Als er im Herbst ’86 an der Universität Wien Philosophie und Slawistik inskribierte, war der große Hörsaal schon von Protestierenden besetzt, und bald war er ein Student, der mit vielen anderen gegen das Sparpaket der Regierung auf die Straße ging. Warum war er nach Wien gegangen? Weil er in der Oberpfalz die Freiheit kennengelernt hatte? Oder wegen des schlechten Wetters? Weil er in einer Großstadt leben wollte? Hatte es überhaupt einen Grund gegeben, damals, oder war er einfach aus einer Laune heraus gegangen? Jetzt dachte er, dass er deshalb hierher hatte kommen müssen, wegen dieser Frau.

Vor kurzem war er noch jeden Tag bei seinem Vater im Krankenhaus gewesen, mit seiner Mutter in das Wirtshaus vorne an der Straße gegangen, hatte mit Arbeitskollegen seines Vaters telefoniert und im Haus der Eltern die Heizung angestellt, weil es auf einmal ungewöhnlich kalt geworden war. (Die Frau, die ihm jetzt gegenübersaß, hatte zu seiner Musik noch draußen getanzt.) Der Vater war reanimiert, ins künstliche Koma versetzt und beatmet worden, und seine Mutter fror in einem ungeheizten Haus wie im Winter. Schon am Tag nach dem überlebten Plötzlichen Herztod wurden dem Vater zwei Stents implantiert. Ins Leben zurückgeholt. Nach ein paar Tagen im Koma konnte er wieder selbst atmen. Intensivstation, Wachstation, am Ende der Woche in einem normalen Zimmer. Zuhause unterhielten sie sich fast desinteressiert über die Unabhängigkeit Montenegros. Seine Mutter redete wenig, die Zeitung blieb ungelesen, und wenn jemand den Fernseher im Wohnzimmer einschaltete, verließ sie den Raum. Ante schlief in seinem alten Zimmer, an dessen Wänden immer noch seine alten Poster hingen. David Carradine und Johan Cruyff, außerdem eines von George Best in einem Manchesterdress, auf dem der Fußballer eine starke Ähnlichkeit mit seinem Vater hatte, als der noch den Schnauzer trug. Antes

Neffe hatte Andrea Pirlo danebengehängt. Zwei Tage, nachdem der Vater entlassen worden war, fuhr Ante nach Zürich. Er musste nicht in die Schweiz, aber er traf einen alten Freund. Der Vater war nicht so klapprig, wie sie es erwartet hatten, aber er war mürrisch, überhaupt nicht mit sich im Reinen. Einmal brach er in Tränen aus, sie waren alle verwirrt. Sein Vater war am Leben.

Als Ante Barbara da sitzen sah, mit dem großen Glas vor sich, wie sie auf den Teich schaute, entspannt und doch konzentriert vielleicht, rührte sie ihn wie ein kleines Mädchen, das sich etwas Schweres vorgenommen hatte. Jetzt sah er, dass sie eine junge Frau war, schön, und dass er sich ihrer überhaupt nicht sicher sein konnte.

Aus der Küche hörten sie einen Song von Amy Winehouse, und jemand summte dazu. Die Frau mit der Kittelschürze saß am Tisch neben dem Eingang über der Zeitung. Ante hatte Hunger, aber Barbara hatte soeben erst ihren trockenen Strudel hinuntergeschluckt, und er wollte nicht alleine essen, auch nicht, dass sie ihm dabei zuschaute. Er schlug vor, einen kleinen Spaziergang um den Teich zu machen. »Nein, ich will nicht aufbrechen, nur ein bisschen gehen.« (Nur ein bisschen gehen – das klingt nach alten Leuten, dachte Barbara amüsiert. Bei Ante war es stark davon abhängig, ob er ausgeschlafen war oder nicht, ob man ihn näher bei vierzig oder auf die Fünfzig zugehen sah.)

Als sie bemerkte, dass sein weiß blitzendes Rennrad an ihrem alten grünen Clubman lehnte, hätte sie fast seine Hand genommen. Sie zog ihr Badetuch vom Gepäckträger, sie gingen einen schmalen Weg entlang des Wassers, dann gegenüber des Gasthauses einen Waldweg leicht bergan, Gestrüpp überall, man konnte sich nirgends hinlegen. Er ging hinter ihr und trug jetzt ihr Badetuch um den Hals, sie redeten wenig. Sich in die Büsche schlagen, miteinander schlafen, einfach so, niemand weit und breit, und sie mochten einander, und sie waren jetzt hier, fast mitten im Wald. Erotische Gedanken waren vielleicht der Grund, warum sie nach diesem kleinen, ein wenig sinnlosen Spaziergang wieder auf der Terrasse des Wirtshauses landeten, ganz selbstverständlich.

Später aßen sie Schnitzel mit Kartoffelsalat, und Barbara erzählte davon, dass sie direkt nach der Schule als Au-pair nach Paris gegangen war. Paris! Als würden sie ein unterbrochenes Gespräch endlich, endlich fortsetzen. Sie war bei einer superreichen Familie angestellt, verbrachte aber die meiste Zeit mit drei Kleinkindern in einem Schloss außerhalb, als eine von mehreren Bediensteten. »Ich war total irritiert, Slash gelangweilt, Slash genervt, habe überhaupt keine Lust gehabt, die kleinen Prinzen und die Prinzessin gut zu behandeln. Mir ist nichts anderes eingefallen, als sie zu bedienen. Auch wenn ich mit ihnen gespielt habe, kam ich mir vor wie ihre Bedienstete.«

Sie erzählte mit einer leichten Aufgedrehtheit, aber auch lässig, nein, nicht lässig. Die neunzehnjährige Barbara in Paris. Ante rechnete nach, dreizehn, vierzehn Jahre mindestens.

Das Licht war jetzt ein anderes, es war schärfer, orange. Das Gasthaus war ihm sofort in den Sinn gekommen, als sie überlegten, wo sie einander treffen könnten. Wie er sie ansah! Vor kurzem habe sie sich mit ihren Mädchen *Hass* noch einmal angeschaut, den Film. Sie muss doch selber noch ein Kind gewesen sein, in diesem eigenartigen Frankreich, von dem sie erzählte. Damals habe sie nicht fassen können, dass es zur selben Zeit in der echten Welt der Banlieues so zugegangen war. Ausschreitungen, Krawalle, Riots.

Barbara ließ jenen Teil aus, in dem sie in Paris die Agentin traf, die sie nach London zu einem Probeshooting einlud, und setzte in der Geschichte da wieder ein, wie sie von einem Tag auf den anderen ihren Koffer packte und abhaute. Erwähnte Didier, der ihr im Zug von dem PJ Harvey-Konzert erzählte und ihr das Zimmer in einem besetzten Haus besorgte, in dem es nur unregelmäßig Strom gab. Erwähnte nicht, dass Didier zehn Jahre älter war als sie, ein kleiner, sehr schöner Franzose. Tagsüber Fotos für die Agentur, weil sie ein besseres Portfolio brauchte, Castings, abends in Konzerte. Sie konnte in diesen Wochen nicht sehr viel geschlafen haben, obwohl alle Agenten, Booker und die älteren Models Schlaf für das Allerwichtigste hielten. Didier kochte bei einem Cateringunternehmen, er war nicht oft da, aber wenn, dann gab es ganze Menüs, und zum ersten Mal in ihrem Leben stellte sie fest, dass sie Essen liebte. Auch Didier liebte sie ein bisschen, daran dachte sie kurz, und wie schön das war, und dass sie später keine älteren Männer mehr hatte.

Paris und London und Hanslteich.

Barbara hatte in London in einer Blase gelebt, mit der Außenwelt hatte das nicht sehr viel zu tun. Sie erinnerte sich daran, dass zu der Zeit eine Frau erstmals den Mount Everest ohne Sauerstoffmaske bestiegen hatte, eine Britin. Barbara wollte schön sein, als schön wahrgenommen, gebucht werden. Die Menschen sollten erkennen, dass sie etwas Besonderes war. Barbara war bereit, dafür einen Preis zu zahlen, so war das doch mit allem, was einem wichtig war. Zugleich lernte sie Tänzer, Lehrerinnen und einen Steinmetz kennen. Alle besetzten Häuser, weil sie nicht wollten, dass jemand von ihnen profitierte. Niemand verurteilte sie, weil sie Model sein wollte.

Weil sie das mit den Fotos nur erwähnte, überlegte Ante, ob sie von Nacktfotos sprach, er wusste nichts über diese Welt. Er hatte keine Lust, von Elke oder Bibi oder irgendeiner anderen Frau zu reden, wollte auch von einem Didier oder anderen Typen aus Barbaras Vergangenheit und Gegenwart nichts hören. Hatte sie keinen Freund? Wunderte ihn das, konnte er ihr das glauben? Sie hatte nichts gesagt, natürlich nicht.

Damals hatte er in seinem WG-Zimmer Boxen für Freunde und Freunde von Freunden zusammengebaut. Er hatte nicht viel, aber genug Geld zum Leben, und überlegte ernsthaft, ob er sich damit nicht selbstständig machen sollte. Seine damalige Freundin hatte zu ihren Eltern gesagt, dass er irgendwas mit Audio oder Sound mache. Guter Klang war eine Frage der richtigen Komponenten und weniger war viel mehr, als die meisten glaubten, so dachte Ante, der ehemalige Elektrotechniker, der da bereits ein ehemaliger Philosophiestudent war, auch wenn er sich den Studienabbruch noch nicht eingestand. Dann traf er Hans, für den guter Sound mehr war als Klang, für ihn war es eine Philosophie. Eigentlich dachten sie gleich, nur dass Hans schneller war und eine Mission hatte. Er gründete seine Firma, später stellte er Ante ein. Da wusste Ante, dass er niemanden um eine Stelle fragen hätte können, weil er immer noch damit rechnete, dass es dann hätte heißen müssen: Dich sollen wir einstellen, du kleiner Tschusch?

Irgendwann sagte Barbara, dass sie sich schon gedacht habe, dass er kein professioneller DJ sei. Seine Herkunft machte sie nicht zum Thema, erzählte auch nicht davon, dass sie die Gastarbeiterroute nur aus dem Radio kannte oder dass sie im ehemaligen Jugoslawien ihre Kindheitsurlaube verbracht hatte oder erst einmal die einzelnen Länder in ihrem Schulatlas hatte nachschlagen müssen, als die Konflikte und Kriege in Jugoslawien losgingen. Wie oft hatte er das gehört. Dennoch sprach Ante davon, dass er seit über zwanzig Jahren nicht mehr in der Geburtsstadt seines Vaters gewesen sei. Erzählte von seiner Großmutter, die ihre Heimatstadt Sarajevo nie habe verlassen wollen. Wie er jeden Tag die Nachrichten über die Belagerung las und sah und hörte, als handelte es sich um eine ihm ganz fremde Stadt, in der nur zufällig auch seine Großmutter lebte. Die doch auch eine Fremde war für ihn. Er versuchte, den zahlreichen Exjugoslawen, die in dieser Zeit nach Wien kamen, auszuweichen, so gut es ging. Und es ging. Nur einmal stellte er sich vor, wie er in die Stadt fuhr, um die fremde Oma zu retten. Er wusste nicht einmal mehr, wie sie aussah. Wenn er an sie dachte, hatte er das Bild von Vroni, der alten Bäuerin, vor Augen, deren Sohn ihnen eine Wohnung neben ihrem Kuhstall vermietet, die sich anfangs um ihn und seine Schwester gekümmert hatte. Wie lächerlich das gewesen sei und wie beängstigend! »Gestorben ist sie dann '96, im Sommer.«

Ein Mann und eine Frau auf der Terrasse eines alten Ausfluggasthauses im Wienerwald malten sich aus, wie es gewesen wäre, wenn sie einander schon früher getroffen hätten, in Salzburg vielleicht, wo sie studiert hatte, oder in Wien, bei Konzertbesuchen im *Chelsea* oder im *Rhiz* an der Bar. Redeten über Wochenendbeziehungen, Fernbeziehungen, potentielle Affären, wie sie dann, wider alle Umstände, zusammengekommen wären, mit Happy End, mit Kind und Kegel und Häuschen am Land. Sie tranken Bier und Weißwein, sie waren betrunken (sie mehr, er weniger), bemerkten die anderen Gäste nicht, nur die Frau in der Kittelschürze, die immer wieder die leeren Gläser gegen volle tauschte. Manchmal berührte er ihren Arm, sie stupste ihn, lockerer Körperkontakt, leuchtende Augen, Lachen, bis sie in einem Taxi, die Fahrräder in dem großen Kofferraum, gemeinsam in die Stadt zurückfuhren, zu Barbaras Wohnung in der Neubaugasse. Ihre Hände lagen nebeneinander auf dem Rücksitz, die ganze Fahrt. Vor dem Haus küssten sie einander, vielleicht hätte es ein Abschiedskuss werden sollen, auf die Wange, aber es war ein Kuss. Barbara versuchte, das Haustor aufzusperren (»Bin Schlüssel-Legasthenikerin.«), bis ein Nachbar von innen aufmachte und ihr die Tür aufhielt.

Ante fuhr vom Siebten in den Vierten Bezirk. Still war es, Sonntagnacht und wenig los in Wien. Fuhr freihändig am Radweg und schwankte ein bisschen, fuhr langsam und schaute manchmal sogar, ob Polizei unterwegs war. Die kleinen Notlichter am Rad blinkten hektisch rot und weiß. Beim Naschmarkt übersah er eine rote Ampel und hatte Glück, dass der von der Secession kommende Wagen abbremste. Glück, das er nicht bemerkte. Warum war er nicht mit zu ihr gegangen? Hatte sie nichts gesagt, ihn nicht angeschaut wie damals im Lokal? Das Blau ihrer Augen war immer glänzender und metallischer geworden und überschwemmte jetzt die ganze Straße, und er musste aufpassen, dass er nicht wegrutschte. Wusste, er durfte nicht zu stark bremsen und sich auch nicht zu sehr in die Kurve legen. Er spürte nicht, wie betrunken er war, er fühlte sich, im Gegenteil, klar wie kaum nachts. Am liebsten wäre er zurückgefahren, um ihr zu sagen, dass er nicht mehr ohne sie sein wolle.

4

Fritzi, die Leiterin des Jugendtreffs, in dem Barbara als Streetworker arbeitete, weckte sie telefonisch, um zu fragen, ob sie die Schicht einer kranken Kollegin übernehmen könne. Barbara fühlte sich erholt, obwohl sie nur wenige Stunden geschlafen hatte, konnte sich beim Aufsperren ihres Fahrrades nicht mehr daran erinnern, wie sie nachhause gekommen war. Kaffee trank sie in der Bäckerei ums Eck.

Die anderen Jugendtreffs der Organisation, für die sie arbeitete, waren nach dem Bezirk benannt, in dem sie sich befanden, ihrer hatte den Beinamen Fliesenlager, weil er im ehemaligen Lager eines Fliesenhändlers untergebracht war. Die Fliesen und Kacheln an den Wänden und Böden waren wild gemischt, bunt, in verschiedenen Größen, an vielen Stellen übermalt und mit Graffitis übersät. Sie alle hatten sich an diese psychotische Wandgestaltung gewöhnt, die Jugendlichen fanden es »urnormal«. Das Fliesenlager bestand aus dem Club, dem Jugendtreff selbst, mit drei riesigen alten Sofas, Tischtennistisch, Wutzler, Internetcorner und einer offenen Küche. Zu fixen Öffnungszeiten waren Sozialarbeiter anwesend, organisierten regelmäßig Events und Aktionen und berieten die Jugendlichen in allen möglichen Fragen.

Die Streetworker hatten im Fliesenlager ihr Büro und trafen sich hier auch mit ihren Klienten, aber sie waren meistens auf der Straße, in den Hinterhöfen und Parks des Bezirks unterwegs, um die Jugendlichen, die weder obdachlos noch drogenabhängig sein mussten, aber doch kleinere oder größere Konflikte mit ihrer Umgebung hatten, zu unterstützen. Sie gingen auf sie zu, halfen ihnen bei Problemen mit den Eltern oder der Schule, Problemen mit Drogen, Kriminalität, Schulden, bei der Arbeitssuche. Wollten sie befähigen, Verantwortung für sich selbst zu übernehmen, ihnen Räume anbieten, in denen sie nicht konsumieren mussten. Manche waren gerade einmal zwölf Jahre alt, andere schon um die zwanzig. Die Jugendlichen waren in Cliquen unterwegs, wechselnde Gruppen, die für die meisten wichtiger waren als die eigene Familie. Es gab Jugendliche, die waren rassistisch, manche judenfeindlich, chauvinistisch. Es gab kein allgemeingültiges Rezept für Unterstützung. Anwesenheit, Aufmerksamkeit, wir sind da. Fritzi hatte es einmal so ausgedrückt: »Das Werkzeug, mit dem wir arbeiten, sind wir selbst.« Was Barbara in der Fachhochschule, die sie nach der Lehrerinnenausbildung besuchte, gelernt hatte, hatte mit der Realität nicht viel zu tun.

Wenn es lange hell war, war auch Barbara lange unterwegs. Viele ihrer Klienten gingen noch in die Schule, die älteren waren arbeitslos, auf der Suche nach Ausbildung oder Lehre, was auch immer. Die Streetworker waren immer zu zweit unterwegs. Es dauerte oft lange, bis sie ein Gespräch anfangen konnten, Vertrauen aufgebaut war. Dann kam wieder jemand auf sie zu, fragte konkret um Hilfe. Manchmal schaute Barbara sich Lebensläufe an, Bewerbungen für Lehrstellen, die sie gemeinsam mit einem Jugendlichen in

Form brachte. Sie übte Telefongespräche, Bewerbungsgespräche, begleitete die Jugendlichen auf das Sozialamt, zu Vernehmungen in Polizeiwachstuben, zu Gerichtsverhandlungen.

Als Barbara ins Fliesenlager kam, wartete Djamila auf sie, die zur Frauenärztin gehen wollte, Barbara begleitete sie. Das Mädchen redete kaum, es war für sie aber okay, dass jemand anderer an ihrer Seite war. Das Wartezimmer war nicht so voll wie befürchtet. Das Mädchen war für einen Moment ein cooles, abgeklärtes Kind, ohne Interesse an seiner Umgebung, dann wieder nervös. Ein Baby schmatzte laut im Schlaf, worüber zwei Frauen lachten. Barbara und Djamila blätterten in Frauenzeitschriften, ohne darin zu lesen. Djamilas Handy lag zuerst in ihrem Schoß, dann zwischen den Seiten einer Zeitschrift, aber sie schaute nicht wirklich auf das Display. Die in regelmäßigen Abständen eintreffenden SMS drückte sie weg. Als sie aufgerufen wurde, wollte sie alleine ins Sprechzimmer gehen, nach einer Viertelstunde stand sie in der Tür, bat Barbara herein. »Wir reden darüber, ob Djamila einen HIV-Test macht. Das können wir sofort, es ist nur ein bisschen Blut.« Die Ärztin wartete, schaute weder das Mädchen noch Barbara an. »Dass einem bei dem Gedanken unwohl ist, verstehe ich. Aber nachdem Djamila so vernünftig war, zu mir kommen, wäre das vielleicht ein logischer nächster Schritt.« Die Ärztin schaute Barbara an, dann Djamila, wartete vielleicht, ob von einer der beiden etwas kam, verstand dann, dass Barbara nicht wirklich wusste, was geschehen war. »Schwangerschaft kann ich ausschließen, und die Verletzungen sind zwar heftig, aber es wird alles wieder heilen. Hast du …?« Sie wendete sich Djamila zu, die sehr deutlich den Kopf schüttelte. Dem Mädchen standen Tränen in den Augen, aber sie fing nicht zu weinen an, schaute auf den blickdichten Vorhang hinter dem Schreibtisch der Ärztin. »Du wirst erleichtert sein, wenn du das sicher ausschließen kannst, glaub mir.« Das Mädchen nickte, und jetzt floss doch eine Träne über ihre Wange. Eine. Barbara legte die Hand auf ihre Schulter. Auf dem Rückweg fragte sie sie, ob ihr jemand weh getan, ob sie etwas gemacht habe, was sie nicht wollte und ob ihr Barbara noch weiterhelfen könne. »Du kannst immer kommen, zu spät ist es nie, ja?« Djamila riss die Augen auf, schaute um sich, als würde sie wegrennen wollen. Dann sagte sie nur: »Ich war so dumm.«

Später gingen Barbara und ihr Kollege hinaus.

Im Steini, einem von den Streetworkern betreuten Park, spielten ein paar Burschen im Käfig Fußball, drei jüngere Buben waren in der Nähe, wahrscheinlich hatten sie das Feld räumen müssen, als die größeren kamen. Mädchen waren keine da.

Als sie über den Meidlinger Markt spazierten, kamen ein paar ganz Kleine herangelaufen und begrüßten sie wie eine alte Freundin, zugleich cool: »Hey, Barbie!« Sie bauten sich auf wie ihre älteren Vorbilder, aber sie redeten mehr, berichteten in Angeberpose von ihrem Nachmittag.

Auch im Poldi war nicht viel los, Barbaras Kollege unterhielt sich mit zwei Burschen. Im Hinterhof vom *Hofer*, der gleich neben dem kleinsten Park des Bezirks lag, stießen sie auf die Supermarkt-Clique. Heute waren zehn, zwölf Burschen und drei Mädchen da, die meisten von ihnen um die vierzehn Jahre alt. Die Clique hing seit mehreren Wochen immer wieder hier herum, zuerst im Park, dann im Hof, was die Mitarbeiter des Supermarktes alleine schon aggressiv zu machen schien. Sie hätten die Jugendlichen am liebsten des Platzes verwiesen, aber dafür gab es keinen konkreten Anlass. Ärger war trotzdem da. Die Clique hatte sich den Ort ausgesucht, wollte sich nicht vertreiben lassen. Einzeln betraten sie das Geschäft, kauften wenig, aber so viel, dass man sie nicht hinausschmeißen konnte. An manchen Tagen schikanierten sie die dicke Bettlerin am Eingang, an anderen waren sie auffallend freundlich zu ihr. Während Barbaras Kollege Ali sich auf die Mauer zwischen Park und Hof setzte, sprach Barbara eines der Mädchen an, das sie schon öfter hier gesehen hatte. Fragte, ob ihr langweilig sei, was sie so treibe. Das Mädchen sagte erst nichts, dann, dass sie Barbaras alte Turnschuhe cool finde. Nachdem sie nachgerechnet hatte, wie lange sie die schon besaß (zwölf Jahre!), erzählte ihr Barbara vom Fliesenlager, von den geplanten Frühstückssessions und von Ausflügen, die sie und eine Kollegin demächst mit ihrer Mädchenclique machen wollten. Sie tauschten Telefonnummern aus.

Es war schon dunkel, als sie zum Fliesenlager zurückkamen. Während Ali die schwere Glastür aufsperrte, trat aus dem Hauseingang daneben eine Frau. Stand da und blickte sie erwartungsvoll und freudig an. Als hätte sie eine Entdeckung gemacht. »Unsere Streetworker, Freunde der Nacht!« – »Guten Abend …« Ali und Barbara antworteten gleichzeitig, neutral, schauten einander an, dann wieder auf die Frau, die schon älter war, elegant gekleidet und markant geschminkt, sie kannten sie. »Wo seid ihr, wenn es wieder einmal gegen die Unsrigen geht, gegen die Einheimischen, die Alten und die Frauen? Wo treibt ihr euch herum?« Die Frau war jetzt ganz nahe an Barbara herangekommen, so dass die ihr Parfüm riechen konnte. »Können wir Ihnen helfen?« Die Frau schaute sie mit großen Augen an, jetzt nicht mehr erwartungsvoll, aber auch nicht böse. Dann lachte sie laut und schallend, drehte sich zur Seite, suchte etwas in ihrer großen Handtasche. Die Frau nahm eine bereits aufgefaltete Gratiszeitung heraus und hielt ihnen einen Artikel unter die Nase. »Das meiste kommt ja alles überhaupt nicht ans Tageslicht, weil die Opfer sich gar nicht an die Öffentlichkeit trauen!« Ein Artikel hatte wieder einmal die Anfeindungen im Viertel gegen den Jugendtreff befeuert. »Eure Aufgabe, die einzige Daseinsberechtigung, die ihr Wichtigtuer und Straßenversager habt, ist es, dafür zu sorgen, dass uns diese Fremden, solange sie hier sind, nicht auf der Nase herumtanzen, dass sie nicht unsere Grätzel übernehmen, dass die Gewalt hier nicht immer noch mehr zunimmt.« Als Barbara einen Schritt auf die alte Dame zuging, fächelte die mit der Zeitung herum, als wollte sie sie damit abwehren. »Dich kenn ich! Du bist doch auch so eine realitätsblinde Sozialromantikerin!« – »Ja, sicher kennen Sie mich, ich arbeite hier, wir sind ja irgendwie Nachbarn.« Dann streckte sie die Hand aus, als wollte sie nach der Zeitung greifen, aber die andere entzog sie ihr. »Was da drinnen steht, hat nichts mit uns zu tun.«

Die Frauen schauten einander ein paar Augenblicke ins Gesicht, dann sagte Ali: »Wenn Sie irgendwelche konkreten Probleme mit uns und den Jugendlichen haben, sagen Sie es einfach, ja?« Ali und Barbara gingen ins Fliesenlager, die Frau ließen sie stehen.

5

Zehn Minuten vor Ende der Nachspielzeit hatte Zinédine Zidane, 34, dreifacher Weltfußballer, französischer Weltmeister, italienischer und spanischer Meister und noch so vieles mehr, klar gemacht, dass er nicht als Halbgott und nicht als der Superstar, als der er das Turnier mitgeprägt hatte, und der jetzt noch im Elfer-schießen mit seiner Mannschaft triumphieren oder genial scheitern konnte, vom Platz gehen würde, sondern als ein Spieler unter elf. Der sich von einer italienischen Nervensäge hatte provozieren lassen. (Man konnte denken: So ruhig Zidane war, wenn er Journalisten gegenüberstand, er war doch ein leidenschaftlicher, impulsiver Spieler.)

Die Zuschauer im Stadion konnten sich vielleicht nur wundern über seinen Abgang, die Wahrscheinlichkeit, dass sie ihn in dem entscheidenden Moment im Blick hatten, war gering. Manche werden jemanden irgendwo (und das konnte in Japan sein oder südlich von Zadar, in Frankreich oder ein paar Kilometer entfernt, in Berlin-Treptow) angerufen haben, um zu verstehen, was gerade passiert war. Der Ball und damit auch das Spielgeschehen und die Aufmerksamkeit der allermeisten war in einem anderen Teil des Spielfeldes.

Eine Kamera war natürlich bei Zidane, man sah den französischen Star und den Italiener, der ihn am

Shirt zog. Man sah einen kurzen Wortwechsel, dann wandte sich Zidane ab, aber nur, um wiederzukommen und die Szene abzuschließen. Das Spiel wurde live in die meisten Länder der Welt übertragen, und so sahen den Mitschnitt dieser Szene schon an diesem Abend zwei Milliarden Menschen. Aber wurde die Geste dadurch verständlicher, begreifbarer?

Coup de tête.

Vor der Weltmeisterschaft hatte Zidane seinen anschließenden Rücktritt bekanntgegeben, und wenn er schon nicht französischer Präsident werden würde, so war er doch schon längst ein Held, wenn auch ein introvertierter, ein dezenter und zurückhaltender.

Bange Sekunden, Fassungslosigkeit nicht nur bei denen, die Frankreich als Weltmeister sehen wollten. Und sie waren ja auch kurz davor, sie konnten den Titel gewinnen, auch wenn es nicht leicht sein würde, denn die Italiener hatten Gianluigi Buffon.

Bald war auch der Schiedsrichter bei Zidane. Ein Spieler lag am Boden, das musste geahndet werden. Es wird nebensächlich bleiben, was Zidane derart ausrasten ließ. Wobei: Ausrasten schaut doch anders aus, nicht derart kühl, überlegt, akzentuiert? Und der italienische Spieler würde nicht wegen seines Tores zum 1:1 in Erinnerung bleiben (das auch, ja, aber), sondern als derjenige, der Zidane dazu gebracht hatte, sich so unwürdig zu verhalten. Aber stimmt das? Es war natürlich nicht richtig, was er getan hatte, aber seine Würde hatte er nicht verloren.

Buffon war jetzt bei ihm und strich ihm wie zum Trost über die Wange. Die Handschuhe des italienischen Torhüters waren riesig in seinem Gesicht. Zidane redete kurz, sehr kurz nur auf den Schiedsrichter ein, dann ging er gesenkten Hauptes vom Platz.

Was für eine Dimension eine Geste haben konnte! Kaum jemand sprach davon als von einem banalen Foul. Man sah ihn an diesem Abend im Berliner Olympiastadion nicht mehr, aber alle sprachen von ihm, alle wunderten sich, alle fragten sich, was passiert war, wie das geschehen konnte, ein paar vielleicht, ob es denn so kommen musste. Die Unweigerlichkeit dieser Geste würde bleiben, aber vielleicht auch nur die Erkenntnis, dass dieser geniale Spieler gezeigt hatte, dass ein Happy End nicht existierte, für niemanden.

Ante freute sich über den Weltmeister Italien, aber es war ein melancholischer Sieg, und er kam aus dem Staunen nicht heraus.

6

Am Morgen nach dem Geburtstagsfest von Barbaras Großvater rief Ante an. Er hörte Barbara fröhlich sagen: »Wie die meisten Menschen halte ich mich gern in meiner Kindheit auf. Das geht ganz leicht: Du musst nur den Kopf ein wenig heben, dann siehst du von der Bank auf der einen Seite des Hauses den Ötscher, immer noch beleuchtet, auch wenn die Sonne schon fast untergegangen ist. Die Großeltern sind immer in Bewegung und immer in der Nähe (auch, wenn sie einen Spaziergang machen, im Gemüsegarten beschäftigt sind oder bei den Obstbäumen)«, und Ante fragte: »Darf ich kommen?« Barbara hatte nach Wien zurückfahren wollen, aber nun kam Ante, sie machten eine lange Wanderung in den Ötschergräben, aßen im Wirtshaus im Ort mit den Großeltern zu Abend, und erst, als Ante sie nach ihren Eltern fragte, nach ihrem Elternhaus, und wie weit weg sie von ihrem Heimatort waren, fiel ihr auf, dass sie nicht daran gedacht hatte, ihm das alles zu zeigen. Barbara hatte keine Lust auf Kindheitserinnerungen, Kindergarten, Schulweg, Platz-der-ersten-Zigarette, Haus-meines-ersten-Freundes und so weiter, deshalb lernte Ante ihre liebevollen, schüchternen Eltern, die keine Weltveränderer waren, aber gute Leute, erst später kennen.

Am nächsten Morgen reisten sie wieder ab, weil Barbara zur Party einer Freundin wollte. Vanessa war

Ausstatterin für Kinofilme und Fernsehen, und in ihrem Atelier tanzten hundert Menschen, darunter ein paar Schauspieler, Regisseure und Schriftsteller, die sich im Lauf des Abends noch mehr in Szene setzten als die hübschen Schauspielerinnen. Es wurde viel gekifft, und jemand mischte Getränke an einer eigens aufgestellten Bar. Ante fand die Musik vorhersehbar. Sehr tanzbar, aber wenn die Leute bemerkten, dass sie nicht überrascht wurden, sondern befriedigt, verließen die meisten den Platz vor dem DJ-Pult. Enttäuscht, ohne dieses Gefühl zu erkennen. Barbara spazierte herum und unterhielt sich mit allen möglichen Leuten, tanzte, lachte, dann war sie wieder bei ihm. Er saß die längste Zeit auf einem Fauteuil im Freien, trank Bier und hörte einem Journalisten zu, der von Radtouren in Italien und der Schweiz erzählte.

Von weitem hörte Ante die rauen Gitarren und den schlaksigen Gesang der *Violent Femmes*, *Blister in the sun*, und dachte: Geht doch! Er wusste, dass alle, die tanzen wollten, auf die Tanzfläche rennen würden, auch Barbara. Er fragte sich, warum sie nicht irgendwohin gefahren waren, wäre doch viel schöner gewesen als in einem halb verfallenen Industriegebäude mit Leuten über Freizeitaktivitäten zu reden. Die Tanzenden schrien jetzt, da war Barbara bei ihm. Hinten wurde die Musik leiser, Basssaiten wurden gezupft, Bläser, und die glockenhelle Stimme von, ja, *Love me or leave me and let me be lonely*, Nana Mouskouri war das, und noch bevor die zweite Strophe begonnen hatte, hatte Ante den Arm um Barbara gelegt und sie tanzten, drehten sich langsam zwischen den geparkten Autos. Mouskouri sang vom Küssen und *I want your love, but I don't want to borrow,* Harfen, Klavier und immer das Schlagzeug, Sterne wahrscheinlich, ach, Liebe? War es das, was Ante dachte, oder dachte er gar nichts? *For my love is your love,* Barbara summte mit. Dass es nie jemanden gegeben hatte bis jetzt, so fühlte sich das an, so war das jetzt, und beim Glockenspiel waren sie schon unterwegs zu Antes Auto. Hinten jetzt Bässe und verzerrte Gitarren, jemand jaulte auf, und Joe Strummers Stimme von *The Clash* war zu hören, die Party steuerte auf einen Höhepunkt zu. Sie fuhren davon, mit diesem Soundtrack im Ohr. *When they kick at your front door.*

Als Barbara Urlaub hatte, fuhr sie nicht mit einer Freundin nach Kroatien, wie sie es geplant hatte, sondern traf sich mit Freunden zum Frühstücken im *Kent*, sie ging baden, Ante holte sie mit dem Auto an der Alten Donau ab. Sie fuhren regelmäßig in ein Lokal im Ersten Bezirk mit der richtigen Mischung aus lässig und urban, ihrem Lieblingsitaliener, in dem sie jedes Mal jemanden trafen, den sie kannten. Ich lebe ein bisschen über meine Verhältnisse, sagte sie einmal nebenher. Fuhr dennoch mit Vanessa nach München, um Schuhe zu kaufen und vielleicht ein paar andere Sachen, blieb über Nacht, weil sie einem Bekannten über den Weg gelaufen war und den letzten Zug verpasst hatte. Ante dachte nicht darüber nach, ob sie ein Paar waren, war aber eifersüchtig.

Er traf Manuela, mit der er länger nicht mehr telefoniert hatte. Sie setzten sich in das fast leere Kaffeehaus gegenüber vom Kino, dessen Gastgarten voll war mit

Touristen und ein paar Künstlern, die darauf achteten, ob sie erkannt oder zumindest wahrgenommen wurden, wenn sie durch die Tischreihen ins Lokal zu den Zeitungen oder auf die Toilette gingen. Manuela war Lehrerin, Ende dreißig, aber sie sah Jahre jünger aus mit ihren orangeroten Locken, dem faltenlosen Gesicht, das auch mitten im Sommer blass war und voller Sommersprossen, mit ihren trainierten Oberarmen, ihrem mädchenhaften Körper, in den sie bestimmt viel Training investierte. Sie lächelte verschmitzt, nahm seine Ablehnung, ins Kino zu gehen als Aufforderung, ihm nahe zu kommen. Seine Hand lag auf ihrem Knie, sie kannten einander gut und sie mochten einander, und Ante erinnerte sich daran, wie sie das letzte Mal miteinander geschlafen hatten. Ganz unverständlich war ihm das jetzt, er dachte an sie und ihren Mann, und bevor sie bestellten, sagte er, dass er jemanden kennengelernt habe und sich nicht mehr mit ihr treffen wolle. Manuela war die Erste, mit der er über Barbara sprach. Hörte sich sagen: »Es ist nichts Ernstes, sie ist viel jünger als ich, aber im Moment ist es ganz schön.« Manuela behauptete, er habe rote Ohren, schob seine Hand von ihrem Knie, fuhr ihm durchs Haar, und sagte gespielt traurig: »Du bist verliebt.«

Anfang September waren Barbara und Ante für ein Wochenende ins Waldviertel eingeladen. Das erste Buch einer Freundin war soeben erschienen, und etwas von der Aufregung um dieses Debüt war auf Barbara übergegangen. Die Theatermacherin war nicht die Erste aus Wien, die sich hier ein renovierungsbedürftiges Haus gekauft hatte, gute Freunde bevölkerten die Hälfte des kleinen Ortes.

Den ersten Abend verbrachten sie in der bereits renovierten Wohnküche des Bauernhauses. Sie waren zu zehnt, die restlichen Leute hatten sich auf zwei andere Häuser verteilt, am nächsten Tag würden sie noch mehr werden. Geredet wurde übers Essen, Gartenarbeit, Musik und den vergangenen Sommer, dann wieder über den Karikaturenstreit und die Wiener Grünen, und in regelmäßigen Abständen fing jemand einen Satz an mit »Die Bobos«, wobei vor allem wichtig schien, sich von diesen zu distanzieren. Als wären alle anderen, die viel Geld für Einrichtung, Kleidung, elektronische Geräte, die Schulbildung ihrer Kinder zur Verfügung hatten, aber trotzdem irgendwie jung, wild und anders sein wollten, eben Bobos, aber die Anwesenden nicht. Alle kauften auf dem Brunnenmarkt oder auf dem Naschmarkt ein, gingen in die Lokale in den gentrifizierten Vierteln, aber ihre Kinder schickten sie dennoch in Schulen, wo die Eltern der Ausländerkinder Diplomaten oder Expats waren. Ante verübelte ihnen das nicht. War er nicht auch einer? Oder gab es eine Altersgrenze für Bobos? Das Wort hatte er schon so oft gehört, dass er nicht wieder nachfragen wollte, dabei war die Definition auch hier Teil der Diskussion. Er war davon ausgegangen, dass es sich um Möchtegern-Bohémiens handelt. Dass sie eine Art Elite des Informationszeitalters sein könnten, die Speerspitze der Gentrifizierung, kam ihm übertrieben vor. Kapitalisten der Gegen- oder Subkultur, wie sie einer nannte, gefiel ihm da schon besser, obwohl er nirgends ein Sub oder Gegen erkennen konnte. Wollten sie nicht alle Rebellen sein, aber begütert?

Am nächsten Tag sollten ganze Tiere gegrillt werden, bei einem Grafiker, den alle »Freund Landl nannten«: er wohnte im Nachbarhaus. Nach dem Frühstück verzogen sich die Männer nach nebenan, und im Garten der Theatermacherin lasen drei Frauen deren Buch. Bald wurde die erste Sektflasche geöffnet, die halbwüchsigen Kinder radelten zu einem Badesee, obwohl es nicht besonders warm war. Der Anfang des Romans schien witzig zu sein, die Leserinnen lachten. Die Theatermacherin schleppte zwei große Gartenschirme heran, schnorrte von Ante eine Zigarette, was ihr achtjähriger Sohn laut schimpfend kommentierte. Dann konzentrierte der sich wieder auf sein Spiel, von dem alle paar Sekunden leise Detonationen zu vernehmen waren. Die Theatermacherin fragte Ante, wie lange er schon in Österreich sei, und als er es ihr sagte, lachte sie über sich: »Gleicher Jahrgang also! 65.« Sie fragte nicht nach seinem Geburtsort.

Ante hatte sie sich outrierter und selbstgefälliger vorgestellt, dabei hatte die Frau vor allem etwas Handfestes, war lustig und nahm sich selbst auf die Schaufel. Sie verbot den Frauen die Lektüre in ihrer Anwesenheit, aber die kleine Südamerikanerin, deren Erscheinen ohne ihren Mann am Vorabend einiges Staunen ausgelöst hatte, las dennoch weiter.

Ante fragte sich, aber nicht sie, warum sie immer von »meinem Haus« redete, wo doch ihr Mann oder Freund ebenso hier wohnte, und, wenn er es richtig verstanden hatte, Job und Einkommen hatte wie sie. Er dachte, dass sie ein bisschen verunsichert war wegen des neuen Hauses, aber ganz offensichtlich auch ziemlich glücklich. »Wovon handelt dein Buch?« – »Es ist keine Autobiographie, Nummer eins.« Sie erklärte ihm, dass die meisten Leute selbstverständlich davon ausgingen. Oder dass es ein künstlerischer Krimi, ein intellektueller Thriller sei. »Aber nein, nur über mich reden kann ich gar nicht.« Das Buch sei ein »Roadmovie, also Roadnovel dann wohl. Eine junge Frau, die einem Mann hinterherreist und dann auf den Vater trifft, der die Familie vor langem verlassen hat.« Es sei nicht so kitschig, wie das vielleicht klinge. »Wieso kitschig? Familie …« – »Ja, aber kein Familienroman im eigentlichen Sinn. Es spielt Anfang der Achtziger, also noch ganz im Geist des Jahrzehnts davor, meine Jugend, die Musik der Zeit ist wichtig … Also eigentlich ja auch deine Zeit.« – »Ich mag Romane, in denen Musik vorkommt, ich mag Musik.« – »Aber ja, das weiß ich. Ich war einmal … in der Schleifmühlgasse …?« – »Da habe ich nie, nein, stimmt, aber das ist Zufall. Da habe ich nur ganz selten aufgelegt. Jetzt werde ich zu alt dafür. Es ist auch nur ein Hobby …« Und nach einer Pause: »Sollte ich wahrscheinlich lesen, dein Buch, oder?« Sie schaute ihn aufmunternd und zweifelnd zugleich an, lachte dabei. »Ich habe eher gedacht, dass du über so Leute, Menschen wie uns, und die anderen … dass du über Bobos schreiben würdest.« Auch jetzt lachte sie, aber verhaltener, als würde sie über die Eignung ihrer Gäste nachdenken. »Nein, auf diese Idee bin ich noch nicht gekommen, aber vielleicht interessiert mich mehr, wie wir zu denen geworden sind, die wir sind. Die wir heute sind.«

Hinter dem Schuppen traf Ante auf Barbara und einen Mann, den sie ihm bei ihrer Ankunft als alten Bekannten vorgestellt hatte. Barbara redete auf ihn ein: »... wenn du's nicht kapierst, kann ich dir auch nicht helfen ...« Die zwei hatten etwas Konspiratives, auch in ihrem plötzlichen Schweigen, das sie vielleicht nicht zum ersten Mal miteinander teilten. Wenn Ante es nicht besser gewusst hätte, hätte er sie für ein Paar gehalten und vermutet, dass das Schweigen gegen ihn gerichtet war. Als sie ihn bemerkte, runzelte Barbara die Stirn, aber gleich entspannten sich ihre Züge zu einem Lächeln. Sie streckte ihm ihre Hand entgegen, woraufhin sich der Mann verächtlich schnaufend verzog. »Es ist nicht interessant, aber willst du's wissen?« Wollte er nicht. Ante wusste das Nötigste, es scherte ihn weder, wer aller in sie verknallt war, noch wer damit rechnete, dass aus was auch immer etwas mehr werden könnte.

Die anderen Männer standen um die Feuerstelle im Garten von Freund Landl herum, Bier, Schnaps, weiße Spritzer. Lamm wurde gegrillt, Koteletts und Würste. Es war eine Fleischlandschaft, von der noch Knochen abstanden, aber ganz war das Tier nicht. Die Männer waren wie kleine Buben, die unmittelbar in ihre Rollen als Grafiker, Journalisten und Schauspieler wechseln konnten, so tun, als wären sie irgendwie Teil einer Öffentlichkeit. Ante rückte automatisch in den Hintergrund, Barbara nicht. War sie auch ein Teil davon? Sie schien alle gut zu kennen, obwohl niemand der Anwesenden in einer ihrer Erzählungen bis jetzt aufgetaucht war. Brauchte vielleicht niemanden von all den Leuten. Das Buch der Theatermacherin lag am nächsten Abend auf ihrem Nachttisch, aber es würde dauern, bis sie es gelesen hatte. Waren das ihre Freundinnen? Sie redete ausführlich mit Einzelnen, verschwand für ein paar Stunden, um noch einmal mit ihrem alten Bekannten zu diskutieren, wie sie später sagte, und um Fotos zu machen, von Freund Landls neuer alter Freundin. Als Ante die Fotos später sah, die Barbara am Dachboden des Nachbarschuppens gemacht hatte, dachte er an weichgezeichnete Softporno-Bilder aus den Achtzigerjahren, aber etwas an diesen Bildern war anders. Kein goldenes Stroh, sondern übriggebliebene Körner auf staubigen Holzbrettern und mittendrin eine leuchtende, irgendwie elektrisierte Frau. Die auch nicht nackt war. Vielleicht sah Barbara mehr in einem Menschen als andere, und deshalb war es da.

Nach dem Essen machten Ante und Barbara einen Spaziergang durch den kleinen Ort. Kein Mensch war auf der Straße, und nur in wenigen Häusern brannte Licht. In einer Garage saßen ein paar Leute auf Bierbänken, der Griller glühte noch. Einen Moment lang kam es ihm unanständig vor, dass sie hier herumspazierten und sich das Leben fremder Leute anschauten, während Barbaras Freunde ihres ähnlich inszenierten, aber besser beleuchteten. So unterschiedlich war das und so wenig richtig in beiden Fällen, dass ihm das Leben sinnlos vorkam. Nur sie beide waren echt. Als würden sie zusammengehören, ohne den richtigen (einzigen) Ort gefunden zu haben. Vom anderen Ende des Dorfes hörte man die Freunde reden, lachen. Paare, Getrennte, wieder Zusammengekommene mit Kindern oder ohne. Die Konstruktionen wackelten, wurden notdürftig zusammengehalten oder waren sogar einsturzgefährdet. Und wer schaute so genau und flüchtig zugleich auf andere Paare wie frisch Verliebte?

Ante und Barbara verbrachten ein Wochenende in Brüssel, weil Ante für *Aufderklam Audio* ein EU-Projekt betreute, das sich mit Soundportalen im öffentlichen Raum beschäftigte. Er sollte zusammen mit Volkan, Initiator des Projekts und Professor an einer Fachhochschule für Neue Medien, einen Zwischenbericht abliefern. Alles war verwoben. Neben Volkans eigener Firma waren verschiedene Universitäten und Museen sowie ein serbischer Kunstverein beteiligt. Das Projekt lief seit einem Jahr. Ante hatte zwar mit der administrativen Abwicklung nichts zu tun, aber Volkan hätte ihn gern mehr eingebunden.

Mit dem Taxi fuhren sie vom Flughafen ins Hotel am Place Jourdan, der mit Buden von einem Jahrmarkt überfüllt war. Sie stiegen in dem Hotel ab, in dem auch Volkan wohnte, wenn er in der Stadt war. Sicher, die Nähe zu den Amtsgebäuden der EU war praktisch, aber derart luxuriös?

Während sie miteinander schliefen, wurde es vor den großen schalldichten Fenstern Abend, und die Sonne verschwand hinter den Häusern auf der anderen Seite des Platzes. Sie gingen nur hinunter, um etwas zu essen. Auch am nächsten Tag sahen sie nicht mehr als den Pommes-Kiosk, das Lokal mit den Tischen im Freien und ihr Zimmer. Erst dann schauten sie sich die Stadt an, in der sie beide zum ersten Mal waren. Sie kamen eher zufällig am Grand Place vorbei, den Barbara extrem hässlich fand, staunten über viel Jugendstil und Parks und Plätze voller Menschen. Überall saß jemand im Gras, auf Bänken. Auf der Place Saint-Catherine holte sich Ante gebackenen Fisch, und Barbara kaufte eine Flasche Champagner, mit der sie sich auf ein Holzgerüst an einem ehemaligen Kanal setzten, während leicht angetrunkene junge Männer vor ihnen eine Art Boule mit Holzstäbchen spielten, sich dabei in verschiedenen Sprachen unterhielten. Daneben Familien. Die Väter hatten im Supermarkt am Platz Dosenbier gekauft, während die Frauen Delikatessen auswickelten, für die Jüngsten Reiswaffeln und Hirsebällchen, Leichtbier tranken und über Betreuungseinrichtungen redeten. Sie behielten die Kinder im Auge und forderten die Männer hin und wieder auf, sich auch zu kümmern. Barbara stellte sich vor, wie eines der Kinder unbemerkt davonlief und aus dem für es vorgesehenen Leben verschwand.

Als sie durch den Jubelpark spazierten, joggte auf der Laufspur rund um den Park ein dichter Pulk von Männern und Frauen, die offensichtlich ihre Anzüge und Kostüme gegen Funktionssportkleidung und klobige Sportuhren getauscht hatten. Ante erzählte von der Frau eines Bekannten, die in einem Büro in Brüssel arbeitete und ihren Mann über viele Jahre betrogen hatte. »Wer viele einsame Abende und Wochenenden hier verbringt, ist bestimmt gut im Training.« Barbara gab ihm recht: »Vor allem habe ich noch nie so viele Männer mit Blumensträußen gesehen wie gestern. Was machen diese Männer? Es ist nicht Valentinstag und man kann davon ausgehen, dass die meisten hier alleine leben. Du hast jede Menge Zeit für Seitensprünge und Affären und Sport. Kannst trotzdem noch sehr viel arbeiten. Dass Männer ihren Frauen nie oder so gut wie nie Blumen schenken, ist natürlich ein Klischee. Trifft aber zu. Die Sträuße kompensieren die Ausflüge in Einrichtungshäuser. So läuft das hier: laufen, vögeln, Geschäfte machen oder Politik, je nachdem.«

Als sie dem Taxifahrer die Adresse nannten, hielt der gleich wieder, weil er heute Nacht nicht nach Schaarbeek fahre. Sie stiegen am anderen Ende des Platzes wieder aus. Spürten die Metro unter sich und waren überrascht, wie heruntergekommen die Stadt an manchen Orten wirkte; Baulücken, Baustellen, abbruchreife Häuser. Sie kamen an Plattenbauten vorbei, vor den Eingängen sammelte sich der Müll, die Internetcafés wurden häufiger und die Callcenter und Handygeschäfte auch. Es war die dritte Nacht in der Stadt, in der Jugendliche Autos anzündeten, Schaufenster einschlugen. Einige Festnahmen hatte es schon gegeben. Sie hatten bis jetzt nichts davon mitbekommen. Von den Unruhen, die nach Sonnenuntergang, nach dem Fastenbrechen losgingen, unter anderem bei ihnen ums Eck, während sie Moules Frites aßen und Weißwein tranken und für den Rückweg doch wieder ein Taxi suchten (und fanden), bekamen sie auch weiter nichts mit. Sonst stolperte Ante in jede Demonstration.

In der Früh fotografierte Barbara Ante, als er noch schlief. *Dieses verlängerte Wochenende mit Ante war das Romantischste überhaupt. Brüssel 09-2006.* Als er aufwachte und fragte, was sie da mache, erinnerte sie ihn an seinen Auftritt bei der EU-Kommission. Dass er als Hochstapler hierher gereist sei, um bei ihr Eindruck zu schinden, als wäre sie ein naives Kind, auf das die Geschäfte eines Kleinunternehmers irgendeine Wirkung hätten. Ante überlegte, ob er den zerknautschten Sommeranzug aus dem Koffer holen sollte, griff zu seinem Telefon und rief Volkan an, der gerade in der Stadt angekommen war. Volkan redete gleich über Rentabilitäten, Forschungsfortschritte und was er sonst gleich referieren würde. Dass er nicht wirklich mit ihm gerechnet hatte, störte Ante ein bisschen.

Statt in ein EU-Büro ging Ante mit Barbara ins Museum, sie wollte zu den Alten Meistern und war erstaunt, wie viele Besucher die Bilder vor allem fotografierten statt sie zu betrachten. Immer wieder trafen sie auf eine Gruppe mit einer italienischsprachigen Führerin. Manchmal blieb Barbara in ihrer Nähe stehen. Ein paar der Frauen hatten etwas Verspieltes: Sie lachten und tratschten, machten sich über einen aus ihrer Gruppe lustig. Pensionierte Akademiker mit ihren Seidentüchern und -schals und filigranen Brillen, den guten und doch gerade noch eleganten Schuhen, die wissend oder abwesend nickten. Barbara musste an ihre Eltern denken, die trotz ihrer großen Neugier selten in Museen gingen. Sie hätten gut in diese Gruppe gepasst, oder war es nur ein Wunsch Barbaras, für die ein Ausflug in ein Museum eine Selbstverständlichkeit war? In deren Nähe fiel es ihr leichter, ein Bild länger zu betrachten und sich Geschichten dazu auszudenken. Ante entzog sich, und doch stießen sie immer wieder aufeinander, eine Berührung, ein Moment vor einem Bild. Was für ein Paar waren sie, in den Musées royaux des Beaux-Arts?

Vor dem *Engelssturz* erzählte Barbara von Michael, der gegen den Drachen kämpfte. Die Gruppe war an dem Bild vorbeigegangen, nur eine Frau war stehengeblieben und hörte ihr zu. Fliegen und schwimmen wie bei Hieronymus Bosch. Schwärme und Käfer und ein ganzes Lexikon voll von Gut und Böse. Alles war Symbol, die Engel, die waren hierarchisch. »Jenseits der kosmischen Ordnung kreisen vollkommen und rein in der Nähe von Gott die Seraphim und die Cherubim und die Throne. Die Seraphim haben sechs Flügel, mit denen sie ihr Gesicht und ihre Scham bedecken und fliegen. Aber was später als Feuer der Liebe gedeutet wurde, war zuerst der schmerzhaft-brennende Biss einer Wüstenschlange. Die Cherubim sind die Vieläugigen, die Weisheit und Wissen spenden. Aus dem Bild von Cherub als Thronwagen Gottes mit den Gesichtern eines Löwen, eines Stiers, eines Adlers und eines Menschen entwickelte sich die alte Vorstellung, dass Gott auf den Gewitterwolken daherkommt.« Der pustende Wolkengott aus Barbaras Kindheit.

Sie hätte Ante, vor Bruegels Gemälde stehend, auch noch von den Herrschaften, Mächten und Gewalten erzählen können, die den Grund aller Dinge nicht in Gott selbst, sondern in der Vielheit der Ursachen sahen, die wie Baumeister die Pläne der Architekten ausführten, die Himmelskörper bewegten und für die Wunder verantwortlich waren. Oder von den Fürstentümern, die über die irdische Welt wachten, für Völker und Staaten zuständig. Aber sie sagte: »Fast zuletzt kommen die Erzengel, die Boten Gottes, und dann erst, ganz unten in der Hierarchie, die Engel, wie wir sie kennen, die Erleuchtung und Weisheit für uns übrig haben.«

Viel an Barbaras Arbeit war Beziehungsarbeit, der Himmel spielte dabei überhaupt keine Rolle. Es ging immer um die einzelnen Menschen, um die Jugendlichen und um sie selbst. Das Universum, Staatengebilde, die Anrainer? Natürlich wusste Barbara, dass das Leben der Jugendlichen in direktem Zusammenhang mit Gesellschaften außerhalb ihres Bezirks stand, mit den Auffassungen, die die Familien von Religion und Politik hatten. Dass sie nicht aus Entdeckergeist und Neugierde da waren, sondern aus Mangel an Möglichkeiten, manchmal aus Zufall. Für die Alten gehörte Barbara ebenso weg wie die, die sie vertrat. Die Polizisten, von denen manche die Jugendlichen fies behandelten oder auszutricksen versuchten, wollten sie manchmal auf ihre Seite ziehen. Hier das System und dort die draußen. Aber sie und ihre Kolleginnen waren parteiisch. Sie halfen den Jugendlichen, und die mussten ihnen nicht einmal ihre richtigen Namen sagen.

Schutzengel wirkten immer in bestimmten Situationen, sie konnten einzelne zu guten Taten inspirieren, wenigstens theoretisch. Dass sie Menschen in Notsituationen unterstützten, stand schon im Alten Testament, wogegen die Vorstellung, dass jedem ein besonderer Engel zugeteilt ist, eher neu war. Dem allem widersprach nicht, dass Unfälle geschahen. Schutzengel waren keine allmächtigen Wesen, und sie konnten nicht immer zur Stelle sein. Barbara fühlte sich den Schutzengeln zugehörig, was nichts damit zu tun hatte, dass manche Menschen sie für ihre Arbeit bewunderten. Sie war unterste Engelkategorie und sie bekam Geld dafür. Fallen konnten alle.

Das alles konnte sie Ante nicht erklären. Verstand er, dass dieses Bild für sie so viel mehr war als eine von Kreaturen, Zwischen-, Übergangswesen und Gerätschaften wimmelnde Szenerie zwischen Himmel und Erde? Ihr Leben, zu dem der Tanz ebenso gehörte wie guter Sex, beste Freunde und ihre Schwester? Ante dachte oder fragte: »Heiratest du mich?«

Er fühlte sich in dem Museum in Brüssel wie sein Namenspatron, der Henker Antonius aus Rom, der im Anblick seines Engels bekehrt wurde. Nicht zum Glauben, sondern zur Liebe. Er war kein Märtyrer, und Christ war er nur dem Taufschein nach.

7

Barbara und Ante besuchten ihre Schwester Jasmin, die mit ihrem Mann in einer großen Wohnung mit Blick auf einen Park wohnte. Zuerst war Ante irritiert, als ihnen eine Frau mit pechschwarzem Haar und einem auffallend ebenmäßigen Gesicht die Tür öffnete. Jasmin trug ein Baby über der Schulter, das auch ganz schwarze Haare hatte. Die Schwestern sahen einander überhaupt nicht ähnlich. Jasmin trug ihre Schönheit offensichtlich, und nicht nur, weil sie ein Baby im Arm hatte, mit einer ebenso vollkommenen Selbstverständlichkeit vor sich her. Nein; sie war schön. Dass Jasmin zu Barbaras Familie kam, nachdem ihre Mutter an Krebs gestorben war, drei Jahre nach dem Tod des Vaters, noch im Iran, erzählten sie ihm später an diesem Abend, dann auch von Merlin, dem zweiten Pflegebruder, der zur Zeit in Berlin lebte und ihrer aller Sorgenkind war, sich ihnen immer mehr entzog. Barbaras leiblicher Bruder Bernhard, nur wenig jünger als sie, ein Kunsttischler, der in der Nähe der Eltern lebte, wurde wahrscheinlich auch erwähnt.

Ante ging zum Rauchen auf den kleinen Klopfbalkon und wunderte sich über die schönen, unterschiedlichen Schwestern. Er hatte Barbara für ein Einzelkind gehalten.

Baby Esther war noch keinen Monat alt, schlief fast die ganze Zeit und reagierte kaum auf ihren großen

Bruder, der vor dem Essen von einem Nachbarn nachhause gebracht wurde und ausführlich und lautstark von seinem Nachmittag erzählte. Im Blick des Dreijährigen lag eine große Zärtlichkeit für das Baby.

Auf die Rückseite eines Fotos von ihrer Schwester, deren Umrisse im Gegenlicht leuchteten und coronamäßig ausfransten, schrieb Barbara: *Warum sind schwangere Frauen so schön? Jasmin, ein paar Wochen vor der Geburt ihres zweiten Kindes. Wien, '06.* Sie suchte in mehreren Schachteln nach einem anderen Foto, fand es schließlich. Jasmin sitzt auf einem Bett zwischen weißen Leintüchern, und auch hier ist viel Licht. Sie trägt ein Top mit schmalen Trägern, vielleicht eine Unterhose, aber das sieht man nicht. Auf der Rückseite steht: *Meine kleine große Schwester. Klüger, vernünftiger und schöner als ich.* Barbara suchte eine Jahreszahl und las, was sie noch darauf geschrieben hatte: *Ich habe sie herzlich empfangen [etwas anderes hätte Mama nicht geduldet], das war die Basis für jahrelange kleinste, kleine Gemeinheiten. Was hat sie alles mitgemacht. Es war mir nie bewusst. Erst in Th. habe ich verstanden, wie das war in all den Jahren. Jasmin ist meine beste Freundin. Ich weiß nicht, ob ich ihre beste Freundin bin. Und vorne: Thessaloniki '96.* Diese verlogenen Zeilen hatte Barbara kurz darauf wieder ausradiert, aber sie waren immer noch wie ein Schatten zu erkennen. Zehn Jahre war es her, dass sie mit Jasmin in Griechenland war. Auf dem Bild war alles grobkörniger, heller, als habe sie zeigen wollen, wie alles durch alles hindurchscheint.

Barbaras Eltern waren einfache Leute. Ihr Vater Josef hatte als Erwachsener die Matura nachgemacht, es zum Lehrer und Schuldirektor gebracht, war angesehen. Alma, deren Eltern eine Gastwirtschaft betrieben hatten und die in ihrer Familie immer eine Fremde geblieben war, so schüchtern, nachdenklich und leise, wie sie war, konnte sich ihren Wunsch, Krankenschwester zu werden, nicht erfüllen. Stattdessen machte sie eine Lehre als Köchin. Sie waren beide katholisch, Alma mehr als Josef, naturverbunden und bildungshungrig. Immer lasen sie. Über die Jahre nahmen sie einige Pflegekinder auf. Josef und Alma hatten die Hoffnung auf eigene Kinder schon fast aufgegeben, als Barbara zur Welt kam, ein knappes Jahr darauf folgte bereits ihr Bruder Bernhard. Für Barbara war es, als wäre er immer dagewesen. Aber auf einmal gab es eine große Schwester, ein fremdes Mädchen zog bei ihnen ein, sie war die Tochter der Ärztin, die am Beginn des Schuljahres gestorben war. Die Eltern hatten mit Barbara geredet, dass sie die Vollwaise adoptieren würden, aber sie hatten sie nicht gefragt, ob ihr das recht war. An dem einen Tag waren Vater und Mutter entsetzt, dass John Lennon erschossen worden war, und am nächsten zog Jasmin ein. Barbara wusste weder, wer John Lennon war, noch dass ihre Eltern nicht sehr viel mit Popmusik am Hut hatten. Dass Jasmin ab nun mit ihnen leben sollte, würde sie lange noch mit dem Attentat zusammenbringen. Jeder hatte doch zumindest Großeltern. Barbara weigerte sich, diese Geschichte zu glauben. Eine kleinere Schwester oder eine gleich alte hätte sie akzeptiert, aber eine, die doppelt so alt war wie sie, die bereits in die Schule ging, das war zu viel, das ging gegen sie.

Die Mutter von Merlin, der schließlich noch adoptiert wurde, war heroinabhängig, eine Zeit lang im Gefängnis, da war der Kleine zwei Jahre alt. Um ihn kümmerten sich Jasmin und Barbara bereits gemeinsam. Taten sie heute noch. Bevor Barbara die Fotos in eine Schachtel räumte, schrieb sie auf ein Bild, das ihn beim Zähneputzen in ihrem kleinen Badezimmer zeigte: *Zwei oder drei Nächte ist mein kleiner Bruder nicht nachhause gekommen, aber die Zähne putzt er so gründlich, als würde Mama danebenstehen. Danach wird er sich hinlegen und schlafen wie ein Baby. Wien, 01/05.* Im letzten Jahr war Merlin ein paar Monate bei ihr gewesen, er hatte im Kabinett geschlafen, ihrer ehemaligen Dunkelkammer. Barbara hatte gedacht, er könne in einem Sozialprojekt in der Brunnenpassage mitmachen, vielleicht würde ihm das guttun. Merlin hatte sich vorgenommen, weiter zu studieren. Als würde ihn die Stadt unglücklich machen, fühlte er sich gleich wieder eingeengt und kontrolliert von ihr und Jasmin. Sie stritten viel. Er warf ihr vor, dass sie verhungern wolle, weil ihr bescheuerter Freund sie so fertigmache. Merlin zog wieder nach Berlin, wo er bestimmt weiter kiffte und kokste, aber in regelmäßigen SMS von einer Wohnung, Jobs und neuen Freunden berichtete. Barbara trennte sich von ihrem Freund, dessen übertriebene Verliebtheit von seiner Selbstverliebtheit noch übertroffen wurde und der sie und ihre Schönheit zu brauchen schien, um seinen Selbstverwirklichungstrip weiter vorantreiben zu können. In diesem Jahr nach der Trennung hatte sie wieder einmal fünf Kilo zugenommen. Fast fünf.

Barbara machte seit ihrem zwölften Lebensjahr Fotos; seitdem sie selber regelmäßig fotografiert wurde, betrieb sie es exzessiv. Sie wollte nicht bestätigen, dass etwas einmal so gewesen ist, ihr ging es um die Anwesenheit und Echtheit ihres Körpers. Barbara hatte sich bis zu ihrem achtzehnten, neunzehnten Lebensjahr als zu dünn empfunden, und auf einmal war das Gegenteil der Fall. Die zu breite Hüfte, der Bauch, die Oberschenkel. Den Fotos von damals sah man ihre extreme Verunsicherung nicht an. Oder doch? Sie machte Fotos, wollte sich vergewissern, dass es in Ordnung war, wie sie aussah. Einmal wurde sie in der Toilette (war das in Mailand?) vermessen, weil sie sich nicht vor einer Gruppe von Männern, deren Funktion sie nicht kannte, ausziehen wollte, und der Assistent (oder was der war) hatte sie beiläufig gefragt: »Stehst du auf Analverkehr?« Weil sie sich ihren Körper und ihre Nacktheit zurückholen wollte, ihr eigener Spiegel sein, fotografierte sie sich und die anderen Mädchen; später, zurück in Österreich, auch Freundinnen, vor allem ihre Schwester. Nackt sein bedeutete, man selbst zu sein. Sie richtete den Blick auf sich, ging mit sich eine Beziehung ein, die über Schönheit im herkömmlichen Sinn hinwegsah.

Erotisch, pornografisch, das konnte alles sein, Barbara interessierten diese Zuschreibungen nicht, vielleicht, weil sie selten mit jemandem darüber redete. Aber Nacktheit bedeutete doch auch, dass Geheimnisse verlorengingen. Deshalb sah man auf ihren Bildern von Frauen immer wieder einen Slip, durchsichtige Strumpfhosen oder Ausschnitte, bei denen einiges an Fantasie vonnöten war, um zu erkennen, was sie zeigten. Die Falte, wo der Po in den Schenkel übergeht; Oberschenkel, Hintern, Brüste, Achseln, Knie. Gegenstände und Pflanzen waren auf einmal erotisch, als hätten sie einem Körperteil die Funktion abgenommen.

Das Intime dieser Bilder ergab sich daraus, dass sich der Blick der anderen mit dem eigenen vermischte, traf. Diese Verbindung konnte sie, wenn sie Fremde oder auch nur Bekannte fotografierte, nicht herstellen. Später, in den Bildern von ihren Liebhabern, wollte sie ihren Besitz dokumentieren. Dieser Mann gehört mir, alle Teile seines Körpers, alle Fasern seiner Wünsche, seiner Lust. Mein. Die Liebe festhalten. Sommer oder überhitzte Räume, Provisorien, Leiber, Spalten, Schwänze, Übergänge. Den Schwanz ihres letzten Freundes hatte sie schon vor einer Weile aussortiert.

Sie war zuletzt wenig in ihrer eigenen Wohnung gewesen, Zimmer-Küche-Kabinett im Siebenten. Kommen, Gehen, sich umziehen, etwas holen. Kleiderhaufen vor der Kommode, vor dem Kasten, im Bad. Herausgezogene Schubladen, immer auf der Suche. Viele Kleidungsstücke waren jetzt bei Ante, trotzdem fand sich in ihrer Wohnung kein leerer Fleck. Wunderte sich wieder einmal, wie an manchen Tagen der Staub aus allen Ecken hervorzuquellen schien, dann wieder tage- oder wochenlang nichts.

Sie machte Ordnung.

Der Desktop ihres Computers war übersät mit Bilddateien, die sie schon vor Wochen hatte scannen lassen. Ein Bild sicherte sie im Order »Ante 2006« unter »Tuš«, stolz, dass sie sich das kroatische Wort für Dusche gemerkt hatte. Durch das beschlagene Glas der

Duschkabine sieht man nicht viel mehr als seine Umrisse. Es war immer ein bisschen kalt in der Wohnung seiner Cousine in Sarajevo, nur im Bad war es warm. Als Antes Cousine Ende der Neunzigerjahre nach Sarajevo zurückgekehrt war, als Erwachsene und ohne ihre Eltern, konnte sie die alte Wohnung wieder beziehen. Das war ungewöhnlich, der Großteil der Menschen lebte in Wohnungen, die anderen gehörten. Aber es gab in der Wohung nichts mehr, was sie an ihr Leben dort erinnert hätte. Was in den vielen Schachteln und Kisten war, die überall herumstanden, wagten Barbara und Ante sie nicht zu fragen. Noch ein Foto von Jasmin, hochschwanger. Wie ein runder kleiner Hügel ragt ihr Bauch aus der trüben Flüssigkeit der Badewanne. Jasmins Augen sind geschlossen. Genuss und Entspannung, etwas Schelmisches liegt wie eine Tiefenmaske in ihrem Gesicht, unter ihrer Haut. Barbara probierte an fünf, sechs Fotos herum.

Sie wusch Wäsche.

Wie sich die Trommel der Waschmaschine in Barbaras Küche drehte, ächzte. Dazu das Geräusch des Regens, der in den Innenhof fiel. Es hörte sich in ihrer Wohnung immer stärker an als draußen, oft war sie davon überrascht, wie leicht der Regen war, wenn sie das Haus verließ. Wieder Ante im Badezimmer seiner Cousine, eine dünne Wand trennte das Bad von dem Raum, in dem sie schliefen und wo auf einem kleinen Tisch Drucker und Scanner standen, Bücher in Bananenkisten. Der Raum hatte ein schmales Fenster unter der Decke. Einmal das Geräusch des Druckers zusammen mit dem Wasserrauschen aus der Dusche, das beschlagene Glas der Duschkabine und die bedruckte

Seite, die aus dem Drucker auf den Boden flatterte. Auf allen Fotos war Wasser, zumindest Wassertropfen.

Ein Bild, das sie mit Blitz gemacht hatte, durch die Frontscheibe: Der Turm des Minaretts geht wie ein Stachel durch die entlaubte Krone eines Baumes, durchscheinend weiß, während die Äste unscharf und zittrig-grau sind. Das Haus der Großmutter, von dem nur mehr ein paar niedrige Mauern standen, überwachsen von Unkraut. Das *Kinema* daneben, das nie ein Kino war, sondern eine Videothek, vor dem Krieg. (Der Krieg, über den Ante nicht reden wollte.) Die Einschusslöcher in den zerfallenden Häusern. Sie hatte viele fotografiert, aber nur eines entwickelt: Das Haus hat wunderschöne geschwungene Balkone. Die Grabsteine auf den vielen Friedhöfen, die sie von weitem für aufgeschüttete Schneehaufen gehalten hatte. Eigenartiger Schnee auf der herbstlichen Wiese. Und immer wieder ein Foto von der nächtlichen Stadt aus einem Fenster. Als wären sie nie nach draußen gegangen, dabei hatte Ante ihr die Stadt gezeigt wie ein Fremdenführer. Sie hatte seine Verwandten kennengelernt, die sich gefreut hatten über den überraschenden Besuch. Aber Ante konnte sein Unwohlsein, sein schlechtes Gewissen, das er allen gegenüber hatte, nur schwer überspielen und wollte am liebsten die ganze Zeit mit ihr verbringen. Wenn sie das kleine Zimmer gar nicht verlassen hätten, wäre es ihm auch recht gewesen.

Barbara machte Ordnung auf ihrer Festplatte. Sie sortierte sämtliche Fotos nach dem Stadium ihrer Bearbeitung, dann noch nach Datum. Schon wieder Wasser: die roten Lippen eines Mädchens. Es ist nur ein Teil der Badewanne in der Pension bei Hamburg zu sehen, in der sie zwei- oder dreimal untergebracht war. Cremegelb. Die Lippen des Mädchens in der Badwanne sind knallrot, ihr wasserstoffblondes Haar steht stachelig in die Höhe. Barbara sieht den Rest des Badezimmers vor sich, das nicht viel größer war. Was macht das Wasser mit ihr, mit der anderen? Es ist immer warm, aber ein fremdes, unsicheres Wohlfühlen. Einiges löschte sie, andere Fotos wollte sie entwickeln lassen.

Im Netz schaute sich Barbara Blogs an, sie war verblüfft, wie viele Fotoseiten es gab. Tagebücher, Inszenierungen, Reisen, natürlich Reisen. Wenn man sich durchklickte, lag alles ganz nah beieinander. Reisefotografie war Globalisierung und Gentrifizierung in einem. Und alle, die Fotos machten und etwas von sich hielten (oder es sich leisten konnten), fotografierten in New York, als könnten nur sie die Stadt abbilden. Vergeblich, fand Barbara, die noch nie in New York war. Vielleicht bin ich es, die feig ist, vielleicht ist das alles. Dann erst kamen die Körper. Mädchen. Nackte Haut. Lange Haare. Wie viele Fotos von dunkelhäutigen Frauen, sie waren überall. Was störte Barbara daran? Oder von blonden. Gerade bei den Schwarzweißfotos. Viel weiches Licht, Unschärfen. Fotos wie Softpornos von der Freundin oder, das bemerkte sie auch bald, von der Fotografin selbst. Viele Fotos mit Selbstauslöser, im Spiegel natürlich, oder die Mädchen und Frauen beauftragten einen semiprofessionellen Fotografen, kommerziell war das Wenigste davon. Manche legten Wert auf genaue Angaben, Kamera, Film, Objektiv, Brennweiten und so weiter. Wie viele Nacken auf einmal wieder überstreckt wurden! Lange, seiden glänzende Beine, Schlüsselbeine, Blicke über die Schulter, dann wieder Romantik, die auch immer mit dem zusammenhing, was anscheinend viele für Erotik hielten.

Es dauerte zweieinhalb Tage, ihren gesamten Fotobestand zu ordnen. Sie machte Stapel von Bildern, die sie eingescannt haben wollte. Bildschirmqualität. Währenddessen legte sie ihren eigenen Blog an und lud mehr als drei Dutzend Fotos hoch. Die in sich gemusterte, hellgelbe Bettwäsche in der Wohnung in Sarajevo. Auf die zerknitterte Bettdecke fielen durch die Rollos ein paar Streifen Sonne. Man sah den Grautönen die Kälte dieser Tage an und die gemeinsame Wärme der Liebenden, die eben noch Schlafende gewesen waren. Jasmins Sohn auf ihrem Arm. Ein unscharfes Bild, voller Liebe. Antes Hand auf ihrem Oberschenkel unter der Strumpfhose. Keine Worte.

8

Nach all den Jahren in Berlin, nach Fabriksgeländen, Lofts, Leerständen, halb abgebauten Grenzanlagen und verfallenen Schlössern fotografierte die Designerin Eva B. nun ihre Kleider über den Dächern von Graz. Sie war, wie viele Künstler, Journalisten und Architekten nach der Matura von Graz aus in die Welt gezogen oder zumindest nach Europa. Eva war groß, hatte kurzes Haar, sie ging stets sehr aufrecht. Vielleicht würde sie nach Österreich zurückkommen. »Mir war es immer wichtig, *normale* Frauen in meinen Kleidern zu fotografieren, aber damit kommst du einfach nur schwer durch«. Eva B.s Kleider waren weit, weich und floßen auseinander, alles bewegte sich und schwang, trotzdem betonten sie die weibliche Silhouette. Barbara probierte, die Designerin warf strenge Blicke, hantierte mit Stecknadeln und nähte ab, notierte auf einer Tafel Weiten und Längen. »An großen dünnen Frauen sieht alles gut aus, da musst du dich als Gestalterin gar nicht so sehr bemühen.« Eva lachte ihr trockenes Lachen. »Auch die Menschen, die mit Biobaumwolle, Fair Trade und gerechten Stundenlöhnen die Welt retten wollen, wollen sich einer Illusion hingeben, und mit einer Frau Ende dreißig, Größe 38, geht das nicht.« Wenn sie lachte, hob und senkte sich ihr mächtiges Dekolleté mit den unzähligen Falten im Ausschnitt. »Ich bin aber auch schon dreißig, und schau mal«, Barbara streckte der anderen ihr Gesicht entgegen, »Falten!« Aber viel war da eigentlich nicht zu sehen.

Dass Barbara immer wieder (immer noch) für Fotoshootings gebucht wurde, erlaubte ihr trotz des bescheidenen Sozialarbeitergehalts hin und wieder ein paar größere Sprünge. Und es war eine Bestätigung, dass sie immer noch in Frage kam.

Als Barbara damals an die Modelagentur schrieb, war sie siebzehn. Jasmin, die gerade mit der Krankenschwesternschule fertig geworden war, galt als schön, wäre aber nie auf die Idee gekommen, was nicht nur daran lag, dass sie viel kleiner war. Hatte sie darin aber unterstützt, wie in allem. Auf den Bewerbungsfotos trug Barbara eine weiße Bluse, die ziemlich eng war, eigentlich zu klein, Minirock und Leggings. Es dauerte, bis sie ihre Bewerbung abschickte, und als sie endlich einen Anruf aus der Agentur bekam, war sie mitten in den Vorbereitungen zur mündlichen Matura und sagte ihre Modelkarriere erleichtert ab.

Von Paris aus, wo sie als Au-pair arbeitete, ging es dann doch nach London. Barbara wusste nicht, dass sich die Agentin wenig Chancen für sie ausrechnete, auch, weil sie eigentlich schon zu alt war für eine Anfängerin. Wenn sie morgens in einer Schlange mit Dutzenden Mädchen darauf wartete, von jemandem, der etwas zu entscheiden hatte, angeschaut und für wert befunden zu werden, hatte das nichts mit Schönheit zu tun. Schön fühlte sie sich, wenn sie tanzte, wenn Didier ihren Körper berührte, wenn sie mit ihm schlief, was nicht so oft vorkam, warum, wusste sie später nicht mehr. Fotografen machten für eine Mappe coole, seltsame und elegante Bilder von ihr, kein Foto hatte etwas mit ihr zu tun. Die Fotografen waren genervt, manche schmeichelten ihr, ein paar wollten, dass sie sich auszog. Einer zog sich selbst aus. Aber sie hatte auch ihr anderes Leben: ausgehen, Konzerte, Party bis zum Morgen und mit Didier und anderen Studenten oder Arbeitern in dem besetzten Haus über den Zustand der Welt diskutieren. Ihr erster bezahlter Job waren Fotos für ein kleines Label, das es längst nicht mehr gab.

Sie war die Bohnenstange gewesen, sie hatte zu lange, zu dünne Beine und einen zu großen Mund für das kleine Dorf, in dem sie aufwuchs. Vor allem über ihr vorstehendes Kinn hatten sich die Kinder lustig gemacht. Vielleicht wollte sie ein Model sein, weil der Freund eines Nachbarbuben sie »Missgeburt« genannt hatte. Das kam später auch noch manchmal vor, aber dieses erste Mal hatte es wehgetan. Ihre Freundinnen aus dem Gymnasium waren jetzt weit weg und studierten Medizin oder Architektur oder wollten Volksschullehrerinnen werden. Wenn Barbara an sie dachte, sagte sie sich: Ich muss niemandem beweisen, dass ich eine Feministin bin und emanzipiert. Das war doch selbstverständlich, was hatte das mit dieser Arbeit zu tun?

Nach wenigen Wochen bemerkte sie, dass Welten zwischen Topmodels und gut gebuchten Models und Mädchen wie ihr lagen; sie gehörte zur Mehrheit, Massenware. Die Diskussionen der Mädchen vor und nach den Castings, in den Model-WGs, in den U-Bahnen und Bussen. Alle hatten immer einen Stadtplan im

Rucksack, verirrten sich trotzdem. Dass sie auf ihr Gewicht aufpassen müsse. Die Hüfte sei am wichtigsten. Da gehe es um Millimeter. Hilfreich seien Abführmittel, Nahrungsergänzungsmittel und dass man sich von Magerjoghurt, Gemüsesaft oder Cola light ernähren könne. Dass man den Hintern so zusammenziehen könne, dass er ein bisschen kleiner aussehe. Man könne das Fleisch auch mit Klebeband abkleben, die Kleider hinten offen lassen, wenn eine zu viel Busen habe, aber das ging natürlich nur für Kataloge.

Ihre Pariser Au-pair-Eltern hätten über all das die Nase gerümpft. Über die Matratze in Didiers Zimmer und das kaputte Email der Abwasch, die an manchen Stellen durchgetretenen Stufen in den ersten und zweiten Stock. Dass sie manchmal in einem der Studios duschte, wenn das Wasser im Haus wieder nicht warm wurde. Wie die Mädchen von einem Termin zum nächsten hetzten, ohne sich in der Stadt auszukennen, und immer darüber redeten, dass die Sowieso einen Wagen mit Fahrer zur Verfügung hatte, wie viel man bei der Fashion Week verdienen konnte, wenn man es einmal geschafft hatte, wie viele Schauen sie selber machen konnten, mit welchem Fotografen sie ein Shooting bekommen würden und so weiter. Ihre stinkreichen Au-pair-Eltern erwähnte sie kein einziges Mal. Die hochmütigen Kinder fehlten ihr nicht. Obwohl sie noch lange ein schlechtes Gewissen hatte, weil sie davongerannt war, sie im Stich gelassen hatte.

Einmal machte sie bei einer Modenschau mit. Der Designer, so hatte man ihr gesagt, lebe selber in einem Squat, habe gerade ein Modecollege abgeschlossen und die meisten Models seien Studentinnen, ein paar professionelle würden dabei sein, Geld gebe es auch, nicht sehr viel. Als sie zur Anprobe kam, wollte sie gleich wieder umdrehen. Das war doch keine Mode, das war – war es frauenverachtend, war es Porno, was war das bitte? Aber dann kam der Designer, ein kleiner Mann mit einem Bäuchlein unter dem verschwitzten T-Shirt, mit Schere und Stanleymesser zerschnitt er Kleider und Blusen. Eine ältere Frau, seine Mutter, die später Sandwiches für alle (für die Männer) brachte, versuchte ihn davon abzuhalten.

Backstage wurde an ihren Haaren gezogen, ihr Gesicht bearbeitet, sie wurde gebogen und gestreckt, alle zupften an ihr herum. Die Leute tranken Bier aus der Flasche. Die Situation wurde von Hysterie und Coolness zusammengehalten, die Stylisten und Friseure sollten alle bereits berühmt sein, sagte irgendjemand, aber das war auch egal. Der Turnsaal einer heruntergekommenen Schule war voller Rauch, eine Mischung aus Zigarettenqualm und Nebelmaschinen. Der Designer sagte ihnen, wie sie gehen sollten, drunken. Er leuchtete, er lachte, er war genauso aufgeregt wie sie. Schrecklicher als die Kleider, aus denen die Brüste herausschauten, waren die Hosen, die nur den halben Hintern bedeckten. Barbara hatte so etwas noch nicht gesehen, aber die Mädchen zogen alles an, kicherten, manche rümpften ein wenig die Nase, um dem jungen Modeschöpfer dann ins Gesicht zu lächeln. Vielleicht hätte Barbara sogar wieder abgesagt, wenn sie gewusst hätte, wie viele Fotoapparate und Kameras später in der Show auf sie gerichtet sein würden, ihre Haut und ihr Fleisch aufnehmen würden. Sie wollte nicht prüde sein, sie war jemand, der sich an Vereinbarungen hielt, und – so war es eben. Das hatte nichts mit der Modewelt zu tun, die sie sich vorgestellt hatte, in der Claudia Schiffer und Naomi Campbell vorkamen und vielleicht eine dürre, aber ziemlich sexy Kate Moss. Der Designer war ein entzückender, lauter Kerl, der zwischen allen hin und her rannte, sie anfeuerte, auflachte oder -heulte, was nicht immer zu unterscheiden war. Ein Nein hätte er von ihr nicht akzeptiert, und durch die Hintertür hinauszuschleichen kam für sie nicht infrage.

Sie waren alle barfuß, ein Glück, mit hohen Schuhen tat sie sich schwer. Das Kleid eines anderen Mädchens zerriss, bevor sie auf die Bühne gehen sollte. Ihre langen blonden Haare wurde in einem schmutzigen Rotpink gefärbt, in Locken gelegt, Fransen. Einmal verschwanden die Haare unter dem Kleid. Einmal trug sie einen ledernen Badeanzug und sie stolperte kein einziges Mal, sie sollten stampfen, nicht die Hüften schwingen. Der Designer hatte Sachen gesagt wie: »Nicht fallen, aber mit letzer Kraft, mit aller Kraft über die Rampe schleppen, aufrecht, Schlachtrufe!« Sie verstand nicht alles ganz genau, es ging sehr schnell. Die Musik kam erst später dazu, wummerte, stachelte an, ebenso wie das, was sie sah (eher wahrnahm), als sie auf dem Laufsteg war. Sie hatten alle ganz eigenartige Proportionen, vor allem die, deren Rock- und Hosenbünde ganz nach unten gerutscht waren. Lange Beine, lange Oberkörper, es sah sonderbar aus, aber auch irgendwie richtig. Das waren die dünnsten Mädchen, die sie je gesehen hatte. Kurz fürchtete sie, im letzten Moment noch aussortiert zu werden, sie war die Dickste, ganz bestimmt, nicht die

Kleinste, aber die mit den breitesten Hüften, und ihre Beine waren niemals so lang wie die der anderen Models. Kam sich vor wie eine Hochstaplerin, aber es gefiel ihr, und sie tat alles, um nicht aufzufallen, nicht aus der Reihe zu tanzen, zu wanken und zu schwanken wie die anderen. In der Show war das Licht anders, auf dem Laufsteg lagen Blätter, Gras, kleine Äste. Jetzt dröhnte die Musik wirklich, Glocken läuteten, und das Klicken der Kameras war deutlich zu hören. Die Leute applaudierten verhalten, fast gelangweilt. Barbara war high, und gleichzeitig zitterte sie, als sie in ihrer sonderbaren Rüstung das erste Mal ins violette Licht marschierte. Auf dem Rückweg hörte sie aus der ersten Reihe jemanden sagen: »That's not true. Tell me ...« Sie war nicht gemeint, aber für den Designer gekränkt und wollte bei ihrem zweiten Auftritt noch heftiger, noch forscher, noch gewaltiger diese paar Meter abschreiten. Als sie alle zusammen noch einmal hinausgingen, trug der Designer Kontaktlinsen, die ihn wie einen Zombie aussehen ließen.

Jemand hatte zu ihr gesagt: »Don't be that friendly. Don't be that shy.« Sie verstand es. Wie draufgängerisch alle waren! Zum ersten Mal in ihrem Leben umarmte sie Leute, die sie erst seit ein paar Stunden kannte, deren Namen sie sich nicht gemerkt hatte. Zum ersten Mal probierte sie Kokain. Sie waren in einem Club, sie tanzte. Die Nacht nach der Show dauerte bis in den Nachmittag des nächsten Tages, das erste Mal, dass Barbara mit anderen Models so lange feierte. Danach redeten alle über die Show, die großen Zeitungen schrieben darüber. Sie hatte erwartet, dass sie für eine weitere Show gebucht werden würde, dass etwas darauf folgen würde, aber außer einzelnen Fotos für kleinere Modestrecken kam nichts mehr.

In Mailand wohnte sie mit einer fleißigen Russin zusammen, die regelmäßig ausflippte, die sich um sie kümmerte und ihre kleine Tochter vermisste. Auf dem rechten Oberschenkel hatte sie einen sehr großen Leberfleck mit den Umrissen von Afrika. Für ein Foto saß sie auf einem Heizkörper, hatte nur eine Strumpfhose an. Das Gerippe des Heizkörpers tat ihr weh, aber ihr Blick sagte: Jetzt komme ich gleich. Das andere Mädchen kam aus Schweden, war vierzehn und wollte niemandem ihren richtigen Namen sagen, allen erzählte sie, dass sie sich Lisa nenne. Die Russin und Lisa arbeiteten viel, nahmen sie hin und wieder zu Castings mit, aber niemand buchte sie. Sie aßen alle drei so gut wie gar nichts, Didier fehlte ihr, und wenn sie darüber nachdachte, dass draußen Italien war, verzweifelte sie ein bisschen. Als sich herausstellte, dass ihre Agentur für das Zimmer nicht aufkam, stieg sie in den Zug nach München, und am Abend desselben Tages schlief sie in einer Jugendherberge in Salzburg ein.

Eva redete, kaum angekommen, nicht mehr von der Vergangenheit. Fotografin und Friseur waren Freunde von ihr, Barbara bekam eine abenteuerliche Frisur, die zum Schluss wieder ein bisschen heruntergedimmt wurde. Meistens konnte Barbara darüber hinwegsehen, wie sie auf solchen Fotos aussah, es ging um die Kleider, das wusste sie inzwischen gut genug. Als es endlich auf die Dachterrasse ging, war die Sonne schon aufgegangen, sie hatten Glück, weil kein Nebel in der Luft lag. Blaue Stoffe, fast ins Schwarze gehend.

Schwarze Hosen, das Weiß sehr weiß. Zu allen Outfits trug sie Leinenstiefel, es gab zwei verschiedene Paare, wie sie vor zwanzig Jahren modern waren. Eva sagte später: »Du strahlst so.« Die Fotografin gab klare Anweisungen, nichts von: Buckeln, knochiger, Augen kneifen, mehr Intensität in den Blick, mehr Energie ins Kinn, Augen zur Kamera, arroganter leiden, neuer Fixpunkt, leiden, Schultern buckeln, mehr Arroganz … Bei Katalogfotos ging es ja darum, ganz normal auszuschauen, ohne auf eine dünne Silhouette, Beckenknochen, lange Beine verzichten zu müssen. Nicht arrogant leiden, aber Intensität, diese Mischung aus Lachen und Sinnlichkeit, Lachen und ein wenig Strenge, vor allem aber Freundlichkeit, die trotzdem nicht zu harmlos wirkte. Die Fotografin redete eigentlich nicht viel, ihre Zurückhaltung, vielleicht Schüchternheit und das Aufglucksen hin und wieder schien Eva auf die Nerven zu gehen. »Jetzt lachst du, warum lachst du so?« Neuer Fixpunkt, knochiger, arroganter leiden, neuer Fixpunkt, leiden, mehr Energie ins Kinn … Wenn Barbara an den einzigen Job dachte, den sie selber abgebrochen hatte, musste sie lachen. Heute. Damals wollte sie nicht glauben, dass sie komplett gescheitert war.

Barbara sollte so stehen, dass der Rauchfang nicht ins Bild geriet, aber die Dächer im Hintergrund schon. Es sah ein bisschen waghalsig aus, aber wenn man auf dem kleinen Podest stand, war es relativ sicher. Fünfzehn Meter oder sogar zwanzig? Das Gefühl breitete sich in ihrer Brust aus, ließ Barbara größer werden und weiter. Von innen nach außen. Frei. Ein Schritt, es ist ein Schritt nur, und du fliegst. Die Zeit bleibt stehen, es ist dein ganzes Leben, das du in diesen wenigen Sekunden vor dir hast, das sich transformiert, das sich vollständig verändert, einmal würde sie es – Eva fasste sie hart am Oberarm, sie schauten einander an. Die Fotografin machte ein Geräusch: »Was war …?« Eva schaute in den Lichthof hinunter, Stacheln an den Mauervorsprüngen sollten Tauben abwehren, und dann wieder zu ihr hin. »Ich bin nicht ängstlich, mach dir keine Sorgen …« Barbara schüttelte ungläubig ihren Kopf, dann nahm Eva ihre Hand weg, irgendwie außer Atem.

Am Nachmittag fotografierten sie noch einmal, diesmal in Rot und Braun, die Lippen dunkler, die Absätze der Schuhe höher. Die Fotografin redete nach wie vor sehr wenig, aber Barbara hatte das Gefühl zu wissen, was sie meinte, außerdem war Eva entspannter.

Die Stadt war Barbara vertraut und unbekannt zugleich. Die jährlichen Einkäufe mit der Mutter vor Schulbeginn, bevor in Liezen der H&M aufmachte. Wenn sie fertig waren, tranken sie in einem Café beim Markt Kaffee und Kakao und aßen dazu einen kleinen Reindling. Dort, wo früher Gemüsestände waren, konnte man heute in der Sonne Alici essen oder Gerichte mit Polenta. Auf einer Bank stand ein großer Korb mit Saubirnen. Leute um die fünfzig tranken Prosecco und unterhielten sich darüber, wo man in Triest am besten aß.

Das Wochenende mit ihrer Freundin Feli, als sie sechzehn waren. Nachmittags lasen sie im Stadtpark ihre mitgebrachten Bücher und rauchten so viele Zigaretten, wie sie vertragen konnten. Und abends in einem Club, gleich hinter dem Markt, gaben sie sich als

Wienerinnen aus, was nicht besonders gut ankam. Jetzt gab es Coffeeshops, die Namen wie in New York hatten und die Menschen waren ganz gut darin, auch bei kühleren Temperaturen lässig auf den Bänken am Gehsteig zu sitzen und ihren parfümierten Latte macchiato zu trinken. Galerien und Kunsträume waren entstanden und ganze Stadtteile, die man vor zehn, fünfzehn Jahren höchstens passiert hatte, neu entdeckt. Was sie sah, gefiel ihr, aber sie konnte sich nicht vorstellen, mit wem sie hier ihre Abende verbringen würde. Sie spazierte zum Bahnhof. Das Schuhgeschäft gab es immer noch, kein einziges der ausgestellten Paare hätte sie haben mögen, und sie wusste: ihre Mutter auch nicht. Diese Zeit war vorbei.

Barbara kam spät aus Graz zurück, und weil sie keine Lust mehr hatte, in den Vierten Bezirk zu fahren, kam Ante zu ihr. Sie schliefen miteinander, dann schliefen sie zusammen ein. Barbara bekam nicht mit, wie Ante sehr früh aufstand und die Wohnung ohne Frühstück verließ. Auf dem Weg in die Arbeit kaufte sie in der Apotheke einen Schwangerschaftstest, dachte erst wieder daran, als sie abends die Wasserflasche aus dem Rucksack fischte. Ante war in Manchester, er traf einen Promi, der sich einen Plattenspieler bauen lassen wollte, das war ein Extratermin, danach ein Fußballspiel.

Während sie auf das Stäbchen pinkelte, das sich gleich danach verfärbte, hörte sie den SMS-Ton ihres Handys. In England war gerade Halbzeit. Wenn im Fliesenlager nicht ein junges Pärchen auf sie gewartet hätte, hätte sie den Test wahrscheinlich gleich dort gemacht. Was wohl das Mädchen zu ihrer Schwangerschaft gesagt hätte? Gleichgesinnte. Waren sie nicht. Barbara dachte öfter darüber nach, dass sie sich mit ihrem kleinbürgerlichen Helfersyndrom, ihrem Wunsch, Gutes zu tun, von den Schützlingen stark unterschied. Ihr Leben war immer in geordneten Bahnen verlaufen, sie hatte vielleicht persönliche Probleme, kleine Schwierigkeiten, aber alles im Griff. Warum war ihr heute in der Früh nicht schlecht gewesen? War der Test zuverlässig? Im Beipacktext stand, Morgenurin sei am besten geeignet, aber sie konnte nicht mehr bis zum nächsten Morgen warten.

Sie legte das Stäbchen vor sich auf den Fliesenboden, benutzte Klopapier, griff zur Kamera. Ihre Unterhose war an den Oberschenkeln hinuntergeschoben, verdeckte teilweise die Knie. Unten lag das Stäbchen, man sah es gar nicht, aber es war da. Auf die Waage gegenüber der Klotür war ein orangefarbener Schal gefallen. Auch der Plastikbelag der Waage war orange, die Farbe hielt sich erstaunlich gut, es war die alte Waage von zuhause. Barbara bemerkte oft, wie eine Farbe zu einer anderen, ähnlichen, drängte, ganz selbstverständlich fanden sie zusammen. Sie fotografierte dennoch meistens in Schwarzweiß. Sie machte ein Bild von dem Stäbchen, nur zur Dokumentation. Später las sie: *große niederlage to come. love ante*, und tippte: *aber hier: treffer! wir bekommen ein kind!* Sie löschte alles gleich wieder. Wie schwachsinnig, auch: unromantisch.

Spät fuhr sie in Antes Wohnung, lungerte auf seinem Sofa herum und betrachtete die weißen leeren Wände. Er hatte gesagt, seine Augen würden Ruhe brauchen, vielleicht hatte er aber auch einfach kein Interesse an Bildern und wollte es nur nicht zugeben. Außer der großen Couch und der zentral positionierten und sehr männlichen Stereoanlage, war das Wohnzimmer eigentlich leer. Es gab keine Möbel, keine Pflanzen, keine Stehlampen, keine Vasen. Alles Licht kam von oben, es war schönes, weiches Licht. Ein anderes Zimmer war voll mit Schallplatten und CDs in Regalen und Koffern, seiner DJ-Anlage. Kinderzimmer.

Der Gedanke kam ihr Ante gegenüber irgendwie unfair vor, als wäre es schon ausgemacht, ohne dass er mitentscheiden konnte. Antes schickte genervte Nachrichten, eigentlich hatte er zu viel Arbeit, er war sauer, weil die Roma verloren hatte und er extra geblieben war. Regelmäßig tat er so, als müsse das aufhören, diese Herumfliegerei wegen irgendwelcher Fußballspiele, aber Barbara nahm das nicht ernst. Sie suchte in der großen Plattensammlung nach einem Lied, das sie an etwas erinnerte. Sie war pathetisch, sie kannte nur den Namen der Band, aber nicht die Platte oder den Titel, sie dachte auf einmal: Ein Kind, das hat gar nichts mit unserer Beziehung zu tun. Und es war so, dass sie bis jetzt nie, kein einziges Mal darüber gesprochen hatten, ob sie Kinder haben würden oder nicht. Ernsthaft. Witze machen war leicht.

Den ganzen Nachmittag hatte sie sich beobachtet, auf die anderen konnte sie sich überhaupt nicht konzentrieren, zwischendurch fiel es ihr schwer zuzuhören. Ihre Kollegin hatte sie mehrmals gerufen, weil sie auf sie wartete. Bevor sie zu ihr und den anderen ging, stellte sie sich kurz zu Fritzi in den Hof, die eine Zigarette rauchte, wollte sie irgendetwas fragen, bemerkte dann erst, dass Fritzi telefonierte. Spürte sie etwas von ihrem Kind? War es schon ein Mensch?

Sie sah sich als alleinerziehende Mutter am Spielplatz, mit Jasmins Familie in Urlaub fahren, dann in Kroatien am Strand, Verwandtschaft von Ante, die ihr alle beistehen wollten. Wie Ante mit seinem Sohn nach Sarajevo fuhr, ihm alles zeigte, wie er es ihr gezeigt hatte.

Sie fand die Platte nicht, machte sich Tee, konnte die Stille nicht aushalten und machte beide Fenster im Wohnzimmer auf. Von unten hörte man hin und wieder ein Auto durch die Gasse fahren. Im Lokal vorne am Eck standen Menschen draußen und unterhielten sich. So selten war sie in dem angesagten Wirtshaus gewesen, aber das eine Mal hatte sie Ante da getroffen. Gemeinsam gingen sie so gut wie nie hin. Sie suchte etwas zu essen, suchte die Nummer des Pizzaservice und überlegte dann, wohin sie essen gehen würde, allein, ohne zu bemerken, wie spät es war. Machte sie eigentlich nicht sehr gern. Sie war ja jetzt nicht mehr nur für sich verantwortlich, und eine gesunde, regelmäßige Ernährung war wichtig und würde dafür sorgen, dass sie auseinanderging wie Teig. Barbara hatte keine Erfahrung damit abzunehmen, sie wusste nicht, wie das einmal sein würde, aber sie war bereit. War es ein Opfer?

Das Bild des Sprungs aus hoher, nein, höchster Höhe.

Die Vorstellung, viel Gewicht verlieren zu müssen. Sie hätte etwas einkaufen sollen, hatte es aber dann wieder vergessen. Schlafen wird heute nicht drin sein, dachte sie, aufgedreht, hungrig. Legte sich dann doch in das Bett, das ihr riesig vorkam. Nach ein paar Stunden voll wilder Träume stand sie schon wieder vor dem Kühlschrank, den sie noch ein zweites Mal aufmachte, um nachzuschauen. Als hätte sie vergessen, was und wie wenig darin war.

Auf einmal stand Ante hinter ihr, umschlang sie von hinten, auf seinem Gesicht ein breites, wohliges Grinsen und müde Augen. Sie hatte ihn nicht gehört. Vor dem Einschlafen hatte sie damit gerechnet, dass er zornig oder mürrisch ankommen würde, davon genervt, sie bei sich vorzufinden, aber nichts davon. Hatte sie ihn überhaupt schon einmal genervt erlebt, richtig genervt? Und warum konnte sie denken, er wollte sie nicht hier haben? Sie umarmten einander, und das erste, was Barbara sagte, war: »Ich habe solchen Hunger!«

Es war nicht mehr Nacht, noch nicht Morgen.

Sie wollte nicht genau darauf achten, wie Ante reagierte, wenn sie es ihm sagen würde. Wie manche der jugendlichen Mädchen, die sie betreute, die vorher schon wussten, was zu erwarten war, was immer auch in einem gewissen Widerspruch zu dem stand, was sie erhofften. Ein Moment des Innehaltens, als wäre er auf der Suche nach etwas, das er noch nicht kannte, von dem er sich aber eine Anleitung erwartete. War das Antes Blick? Er freute sich, jetzt.

9

Das Steinhaus, schön und neu und nicht billig, war in dem kleinen kroatischen Ort aus schlichten Einfamilien- und ein paar alten, heruntergekommenen Bauernhäusern ein monströser Fremdkörper. Es stand am Ende einer langen, noch nicht renovierten Auffahrt. Hinter dem Haus war eine große Brache mit viel Gestrüpp, Abfall und Baustellenmüll, außerdem ein Tennisplatz, der halbwegs instand gesetzt war. Zuerst war Barbara enttäuscht gewesen, weil sie mit dem Auto zum Strand fahren mussten, ihre Freunde, weil es kein historisches Zentrum gab, sondern nur ein austauschbares Straßendorf, und Jasmins Familie vielleicht, weil sie sich etwas Luxuriöses und zugleich Gemütlicheres vorgestellt hatten, als Ante das Urlaubsdomizil über einen Verwandten organisierte.

Ante assistierte seiner Tochter Mia stundenlang, wenn sie im Sand herumschaufelte. Sie schlief in seinem Arm am Strand oder an dem noch nicht fertiggestellten Pool beim Haus, immer im Schatten. Abends spielte er mit Jasmins Mann René Tennis.

Er kümmerte sich, wenn sie auswärts essen gehen wollten, wo es frischen Fisch gab und wo guten Wein. Sie waren in Kroatien, dem Land seiner Mutter, und Ante verhielt sich wie ein freundlicher Reiseleiter, der die Sprache beherrschte und Land und Menschen verstand, aber kein großes Interesse hatte, sie seinen Gästen näherzubringen. Fühlte sich selbst als Gast. Am liebsten zog er sich mit Barbara zurück und genoß ihr wiederbelebtes Sexualleben. Dass die anderen mitbekamen, wenn sie mitten am Tag verschwanden, um miteinander zu schlafen, war ihnen egal. Barbara fand Ante wieder sehr anziehend und sich schön. Er begehrte sie ständig.

Ante und Barbara lagen in ihrem Zimmer, die Jalousien waren heruntergelassen. Die Kinderstimmen von draußen waren momentelang nicht zu unterscheiden, dann klang ihre eineinhalbjährige Tochter wie der gleich alte Sohn ihrer Freunde. Mia spielte mit Antes Nichte Anna. Barbaras Freunde, mit denen sie am Nachmittag ein wildes Gewitter am Strand erlebt hatten, hielten ihren Sohn bei Laune, dann hörte man sie nicht mehr. Auf der Rückfahrt vom Strand waren sie eigenartig gewesen, nach der Ankunft im Steinhaus unmöglich, vor allem zu Ante. Barbara bewunderte ihn dafür, wie ruhig er blieb, und gelassen. Wie Ante ihren Rücken streichelte, immer knapp neben dem Rinnsal Schweiß, machte sie schaudern.

In dem abgedunkelten Schlafzimmer in Kroatien redete Ante das erste Mal darüber, dass er immer davon ausgegangen sei, keine Familie haben zu können. Barbara dachte zuerst, dass er von seiner Familie sprach und davon, wie es war, in der Fremde nicht einfach Familie sein zu dürfen. Sie hatte angenommen, Familie und Feiern und Kinder und Großeltern und Zusammenhalten, *gemeinsame Sache machen*, sei für ihn selbstverständlich. Als sie sagte, bei seiner Schwester Lilijana sei das aber so, winkte er ab und meinte, an ihr sei ja nur das Aussehen südlich, auch nur das Aussehen, korrigierte er sich. Sie lernte, es gab keine Selbstverständlichkeiten, auch für ihn nicht.

Manchmal sprach er von der Zeit, als er aus Dornbirn nach Wien aufgebrochen war, in ein mäßig politisches, studentisches Wien, das den Hintergrund abgab für seine Erzählungen. Studieren, demonstrieren, sich engagieren gingen ineinander über, machten ihn doch aus, nicht allzu aufdringlich, aber ein bisschen. Auch Barbara hatte ein Bild von ihm, das sich aus der Zeit vor ihrem Kennenlernen entwickelte. Nicht immer stimmte es vollständig damit überein, was sie heute sah. Von fremdenfeindlichen Übergriffen und Diskriminierung, von Problemen, wie sie ihre Jugendlichen hatten, redete er nie. War es wirklich um so viel besser gewesen? Konnte man sich denn in der richtigen Umgebung sicher fühlen? Hatte es damit zu tun, dass er keine Lust gehabt hatte, erwachsen zu werden? Er, der so souverän wirkte? Wann hatte er aufgehört, sich zu engagieren? Als er zu arbeiten anfing? »Vielleicht hättest du am liebsten immer so weitergelebt, mit der Arbeit mehr so als zeitintensives Hobby…« Und nach einer Weile, während es draußen auf einmal still geworden war: »Ich kann schon verstehen, dass man sich denkt, ohne Familie ist's einfacher. Als Mann.« Er glaubte nicht, dass man das Schwere, das, was einen hinunterzog, wirklich miteinander teilen konnte. Auch wenn es Liebe war.

Ante betrachtete den Körper seiner Frau heute anders. Jetzt war Barbara sehr schlank, eigentlich dünn, würde es wohl immer sein, aber sie sah gesünder aus.

Am Beginn ihrer Schwangerschaft hatte sie aufgehört zu essen. So gut wie, dachte er jetzt, und manchmal fragte er sich, ob er übertrieben reagiert hatte, alles nur Einbildung gewesen war. Sie hatten doch oft miteinander gegessen und, natürlich, eine so schöne, sehr schlanke Frau isst wenig, auch wenn sie groß ist. Später glaubte er sich daran zu erinnern, dass sie selten Hauptspeisen aß, meistens mehr als die Hälfte zurückschickte. War es so gewesen, oder bildete er sich das ein, hinterher? Krank war Barbara nicht, eher stur. Sie war ja auch eine Genießerin. Aber es war für sie selbstverständlich, keine Butter, Süßigkeiten sowieso nicht, kaum je einen Nachtisch zu essen und von den Beilagen immer wenig. Nie redete sie darüber, weniger essen zu wollen oder zu müssen. Tat es. War einer von jenen Menschen, die zu essen vergaßen, wenn sie im Stress war oder besonders gut gelaunt oder wenn sie niemand daran erinnerte. Den Satz, sie als Schwangere müsse für zwei essen, hatte er nie gesagt, auch wenn sie ihm das vorgeworfen hatte. »Um es gegen mich zu verwenden.« (Es fielen einige für ihn rätselhafte Sätze in diesen Monaten, oder waren es Wochen?) Aber natürlich musste sie mehr essen als ohne Kind im Bauch! Was hieß schon mehr! An manchen Tagen aß sie überhaupt nichts, und oft so wenig, dass ihm beim Gedanken daran schlecht wurde. Er hatte sie nicht überprüfen wollen, aber eine Zeit lang stand das zwischen ihnen. Jasmin hatte ihn beruhigt, sie tat so, als ob Barbara alles im Griff hätte. Dass ihre Schwester immer sehr dünn, aber nie magersüchtig gewesen sei, dass sie eben dieses Modelgen habe. Als Krankenschwester musste sie das doch wissen, oder? Sie erklärte ihm den Unterschied zwischen Anorexie und Bulimie und warum beides nicht zutraf.

Dabei wusste Ante gar nicht, wie sehr Barbara sich damit gequält hatte, dass ihr Körper expandierte. Ihr Körper war ihr nicht mehr nur fremd, sondern weit weg, gehörte nicht mehr zu ihr. Es war ihr nicht möglich, das eigene Spiegelbild mit sich selbst in Verbindung zu bringen. Als sie noch gar nicht wusste, dass sie schwanger war, hatte sie ständig Hunger gehabt. Vielleicht auch ein bisschen zugenommen. Als sie sich nicht mehr regelmäßig übergeben musste, war der Heißhunger und dieses permanente Gefühl, sich nicht sattessen zu können, wieder weg. Das war gewesen wie ein unstillbarer Durst, später war der Ekel darüber groß. Dann war es mit dem Essen schwierig geworden, weil es nicht so viel gab, auf das sie Lust hatte oder das sie überhaupt vertrug. Dachte sie, Tofu mit Reis wäre jetzt gut, war auf einmal sowohl die Konsistenz von Tofu als auch der Geruch von Reis problematisch. Kaltes Essen war eher möglich, aber Käse, Wurst und Butter bewirkten auch wieder, dass sie sich gleich übergeben musste. Gurkenscheiben und Salatblätter ja, aber die Gurke musste sehr frisch sein. Auch die Gläschen mit passiertem Obst und Gemüse für ihre kleine Nichte Esther gingen, und Barbara kaufte manchmal welche im Biosupermarkt, aber sie wollte nicht, dass das jemand bemerkte. Dann war es wieder schwierig, weil ihr zum Beispiel Püree, oder Kartoffeln überhaupt, sobald sie lauwarm waren, nicht mehr schmeckten. Fleisch war unmöglich, Nudeln mussten ziemlich al dente sein, aber auch davon lieber nicht zu viel. Suppe ging noch am ehesten, aber es war Sommer, und klare Suppe war auch nicht so anders, als etwas zu trinken.

Ante fing an, genau zu registrieren, wie viel sie aß, tat aber so, als würde er es nicht bemerken. Barbara wusste, wenn er kurz vorm Ausrasten war. Dass er nie wütend geworden war, dass er sie weder im Restaurant anzischte noch zuhause anschrie, sie nicht an den Schultern nahm und rüttelte und schüttelte, wie er es bestimmt am liebsten getan hätte, das machte die Sache auch nicht besser. Wenn sie ihm erklärte, dass sie gar nicht abgenommen habe, dass es nur so ausschaue, dass sie auch mit der Gynäkologin darüber gesprochen habe, die keinen Grund zur Sorge sehe, dann lächelte er so verzweifelt wie einmal, als sie für sie beide Griechischen Salat gemacht hatte und die Tomaten in kleine, vielleicht zu winzige Stücke geschnitten hatte, um dann jedes Stück einzeln in den Mund zu stecken. Die Hormone machten, was sie wollten, diese ebenso simple wie wahrscheinliche Erklärung wollte niemand hören.

Als Barbara, kurz nachdem sie von der Schwangerschaft erfahren hatte, anfing, joggen zu gehen, und in dem kleinen Studio bei ihm ums Eck Yoga zu machen, dann auch Pilates und noch etwas, das Deep Work hieß, hatte Ante sich zuerst nichts gedacht. Es war Barbara, die einmal sagte, sie habe ein Problem bei dem Gedanken, zehn oder zwanzig Kilo zuzunehmen, vielleicht hatte sie es versehentlich ausgesprochen. War es ein Signal? Dann, auf einmal war es wieder besser geworden, normal. Als sie zu arbeiten aufhören musste, war auch ihr so plötzlich aufgetretener Sportwahn wieder vorbei. An manchen Tagen aß sie für ihre Verhältnisse richtig viel und schien es zu genießen, einmal meinte sie: »Ich werde nie mehr wieder so viel essen dürfen, ich muss das jetzt machen.« Da erschien sie ihm wie eine richtige, normale Schwangere. Als eine Freundin ein paar Wochen vor der Geburt sagte, sie sehe von hinten gar nicht schwanger aus, war sie dennoch erleichtert. Nach der Geburt, als Barbara die Kleine stillte, wurde sie allerdings noch um einiges dünner. Sie konnte gar nicht so viel essen, dass sie endlich wieder Oberarme bekam, die man ohne Sorge anschauen konnte. Aber sie aß, vor allem aß sie, was Ante zuhause kochte. Als sie bei seinen Eltern zu Besuch waren, für die alles, was mit Essen zu tun hatte, so wichtig war, und die sehr verständnisvoll auf ihre Wünsche eingingen, kapierte er, was zu tun war: Er machte einen Kochkurs für vegetarische Küche. Seit einer Weile war sie wieder die Schöne, die er vor zweieinhalb Jahren kennengelernt hatte, und was war, kam ihm jetzt unecht vor, eingebildet, übertrieben.

Während Ante sie streichelte, dachte Barbara kurz daran, wie sie sich zuletzt im Loungebereich des Yogastudios gefühlt hatte. Sie hatte sich damit abgefunden, dass sie, als Mutter, Anfang dreißig, eine war, die zum Yoga ging. Hätte ihren Körper lieber ohne Sport erhalten, wie er war. Sie hatte so ausführlich geduscht, ein bisschen Obst gegessen und zwei Gläser Schwarztee getrunken wie die anderen. Sich Zeit gelassen, während die Theatermacherin schon wieder weg war. Sie hatte in einer Zeitschrift geblättert, die auf dem Couchtisch lag und in der vor allem Sportmode präsentiert war, neben einem Bericht über das Yogastudio, in dem sie sich befand. Sie wollte nicht lesen, was sie wusste und um sich herum sah. Zwei Mädchen betrachteten die Bustiers und Shirts, die man an der Kasse kaufen konnte, auch Matten und Hosen wurden angeboten. Alles in bunten, aber doch irgendwie gedeckten Farben. Eines der Mädchen kaufte ein ärmelloses Top, für das sie fünfzig Euro auf den Verkaufstisch legte, was Barbara früher nicht aufgefallen wäre. Seit nur mehr das Karenzgeld und die Kinderbeihilfe auf ihrem Konto landeten, hatte sich ihr Verhältnis zu Geld verändert. Manchmal fehlte es ihr, Schuhe und Kleider zu kaufen, ohne nachzudenken. Sie war abhängig von einem Mann, dem Vater ihres Kindes. Was für eine Situation! Es war aber auch normal. Ein Mann, der sich mit einem anderen über irgendetwas unterhielt, lächelte sie an, als hätten sie ein Geheimnis miteinander. Eine Verabredung? Kannst du dir vorstellen, dass ich einfach nur Hausfrau bin? Sie hatte ihm provokant in die dunklen Augen geschaut, aber gleich war ihr der Gedanke gekommen, das ist dem doch egal, vielleicht denkt er sich das sogar. Wie er mit seinem Freund weiterredete, unauffällig zu ihr hinschaute, auffällig nicht mehr lächelte, war noch kein Flirt. »Flirt«, dachte sie, Wort für Alte. Hatte sich falsch am Platz gefühlt in ihrem laberigen T-Shirt und ihren Jeans, die vor drei Jahren in waren und jetzt überhaupt nicht mehr. Wenn sie Zeit gehabt hätte, jetzt, zwei oder drei Stunden, womit hätte sie sie verbracht? Es war ihr nichts eingefallen.

Sie erzählte Ante von den Mädchen aus dem Fliesenlager, die sie nach dem Yoga auf dem Karlsplatz neben dem Brunnen getroffen hatte. Ein paar Burschen um sie herum, hingen den Mädchen an den Lippen. Umarmungen, Küsse, erzählten ihr fröhlich von einem Theaterprojekt. Dass Barbara ganz neidisch auf eine ihr unbekannte Regisseurin gewesen war, die ihre Mädchen dazu gebracht hatte, in einen anderen Stadtteil zu kommen und sich wie selbstverständlich hier vor den Burschen zu produzieren. »Wow, Barbie, wo ist dein Baby? Wohnst du hier in der Gegend?« Sie hatte den Mädchen versprochen, wieder einmal im Fliesenlager vorbeizuschauen, auch einmal mit Mia (»Oh, so ein süßer Name!«). Als sie ein Foto sehen wollten und sie ihnen erklärte, dass sie gerade vom Yoga käme und nur ihre Sporttasche mit habe, war sie wieder die Ältere, die Erwachsene. Dass sie erschüttert gewesen war und erleichtert auch, als sie auf einmal wusste, dass sie nie mehr im Fliesenlager arbeiten würde. Dass Barbara auf einmal gewusst hatte, dass es nicht mehr ihre Mädchen waren.

Zwischen verschwitzten Laken, zusammen mit all der Lust und der Schwere, die zwischen ihnen war, überkam Barbara die Selbstverständlichkeit ihrer Gefühle für Ante und die Größe ihrer Beziehung auf einmal noch stärker, deutlicher als sonst. Von draußen war jetzt das sehr laute Lachen Renés zu hören, in das zuerst Jasmin, dann Mia und schließlich Anna und Dario einfielen. »Vielleicht hast du bald eine noch größere Familie.«

Bevor sie aufstand, machte sie ein Foto von Ante.

Manchmal kam Barbara vor, der Blog war ihr einziger Kontakt zur Außenwelt, zur richtigen Welt, zu den Menschen, die ein Leben fernab von Babyschwimmen,

Bioladen und Spielgruppe führten. Als sie zum ersten Mal las, dass die Fotos anderen Menschen gefielen, berührten, und jemand fragte, wie das überhaupt gehe, wusste sie noch gar nicht, dass es eine Kommentarfunktion gab, dass man die ein- und ausschalten konnte. Sie hätte sich vielleicht nicht getraut, sie absichtlich einzuschalten, aber ausgeschaltet hätte sie die Funktion keinesfalls.

Ante hatte ihr zum Geburtstag ein iPhone geschenkt, mit dem sie Fotos direkt posten konnte. Im Netz funktionierten die flachen Bilder, wie sie sie nannte, besser als entwickelt. Auf dem neuen Laptop konnte sie ihre Fotos selbst bearbeiten. Es ging alles schneller, auch war die Internetverbindung schon länger nicht mehr so träge.

Es fiel ihr schwer, neue Fotos nicht gleich online zu stellen, aber es gab kein Internet in dem Haus. Die Zeit am Bildschirm fehlte ihr zuerst, aber dann war sie froh, nicht ständig daran denken zu müssen, wie andere dieses und jenes Bild finden würden.

10

Es war nur ein Gedanke gewesen, der Barbara ein paar Tage lang gefallen hatte. Sie behielt ihn für sich, das war das Schönste daran. Als wäre sie noch das Mädchen, das vor sich hinträumte und das Haus ihrer Familie nach plötzlichem Reichtum weiter und weiter ausbaute. Im Schlaf ein Haus bauen, hatte sie das als Kind genannt.

Sie träumte davon, wie es wäre, mit Ante und Mia aufs Land zu ziehen. Eine renovierte Backsteinfabrik im Voralpenland. Ein idyllischer Garten mit alten Bäumen, wie bei den Großeltern, hohe, helle Räume und Sommerfeste mit großer Freundesschar. Antes Wohnung würde nach der Geburt ihres zweiten Kindes definitiv zu eng werden, aber das störte Barbara weniger als das Gefühl, sie alle hielten es nicht aus in der Wohnung, immer musste man in irgendeinen Park gehen oder Ausflüge planen, weil kleine Kinder für den längeren Aufenthalt in geschlossenen Räumen nicht geschaffen waren.

Wenig später unterschrieben sie zusammen mit Jasmin und René einen Mietvertrag mit Kaufoption für ein Haus am Ortseingang von Maria Ellend, vierzig Kilometer östlich von Wien. Das Haus sah aus wie eine Jahrhundertwendevilla, stammte aber aus den 1960er Jahren. Innen war die Fälschung mit hohen Räumen, schönen Fliesen und sehr alten, sehr zierlichen Kachelöfen gut gelungen. Das Haus war, abgesehen von der Ölheizung, in einem guten Zustand.

Barbara war immer noch verwundert, dass etwas, das sie eher für einen Traum gehalten hatte, einfach so in Erfüllung ging. Als hätte sie nur ausgesprochen, worauf alle gewartet hatten. Ante und René gefiel die Idee. Jasmin war geradezu enthusiastisch, Natur und Großfamilie, ein Leben am Land, und weil sie ihren Kindern eine ebenso glückliche Kindheit würde ermöglichen können, wie sie selber eine gehabt hatte. Jasmins Mutter hatte in Wien Medizin studiert und war nach dem Tod ihres Mannes mit der dreijährigen Tochter aus Teheran nach Österreich zurückgegangen. Die Ärztin aus dem Iran war Mitte der Siebzigerjahre eine kleine Sensation in der Obersteiermark gewesen, bald hatten sich alle an sie gewöhnt. Als Ärztin war sie akzeptiert, fast angesehen. An ihren Vater konnte sich Jasmin nur vage erinnern. Manchmal erzählte sie ihren Kindern die Sage vom Vulkan Damavand und blätterte dabei in dem Büchlein, das der Vater über den höchsten Berg im Iran geschrieben hatte. Von Iran sprach sie wie von einem Märchenland, von ihrem Farsi war nicht viel übriggeblieben. Die achtjährige Jasmin hatte es nie bereut, dass Barbaras Eltern sie adoptiert hatten. Ihre Mutter und die Adoptiveltern kannten einander aus der Kirche, sie waren befreundet gewesen. Zwei Jahre mussten sich Barbara und Jasmin das Zimmer teilen, und als jede ein eigenes bekommen sollte, wollten sie sich noch lange nicht trennen. Wie gemein Barbara zu ihrer neuen Schwester war, darüber hatten sie erst als Erwachsene gesprochen, wie über normale Kindereien.

Am Flughafen vorbei fuhr man durch eine flache Landschaft und Ortschaften, die sich entlang der Durchzugsstraße erstreckten und schöne, eigenartige Namen hatten. Kurz vor dem Ortsschild von Maria Ellend führte ein Weg zwischen Wiese und Acker ins Nichts. Hinter einer kleinen Gruppe dicht beisammenstehender Laubbäume sah man das Haus erst, wenn man daran vorbei war. Wie ein optischer Trick, als es plötzlich auftauchte, wo man kein Haus vermutet hatte. Wenn man mit der S-Bahn aus Wien kam, fuhr man hinter dem Haus vorbei, gleich danach wurde der Zug langsamer, bevor er an der einzigen Haltestelle, gegenüber von Gemeindeamt und Kirche hielt. Dann ging man den Weg zurück, an einer viel befahrenen Landstraße entlang. Schon wenige Monate später konnte man eine ausgetretene Spur in der Wiese erkennen, Gehsteig gab es keinen.

Ante saß mit seinem Freund Christoph und Mia im hinteren Teil der Würstelhütte von Maria Ellend und frühstückte. Mia sagte immer wieder »Eggs«, während sie geschickt ihr weiches Ei löffelte. Ante wusste nicht viel darüber, wie kleine Kinder verschiedene Sprachen aufnahmen, manchmal schien ihm, sie bemerkten gar nicht, dass jemand anders sprach. Ihre gemeinsame Sprache war Deutsch, er hatte keine Lust, es den Leuten zu erklären, viele fragten. Er war selbst gar nicht auf die Idee gekommen, mit ihr Kroatisch zu sprechen, sein Kroatisch war fehlerhaft und erinnerte ihn daran, wie er selbst in den Kindergarten gekommen war und auf einmal keine Sprache mehr hatte. Der Vater hatte ihnen verboten, außerhalb des Hauses Serbokroatisch zu sprechen. Die paar Semester an der Slawistik Jahre später waren ein Witz gewesen, er dachte nicht gern daran. Aus dem Serbokroatisch seiner Kindheit war BKS geworden, Bosnisch-Kroatisch-Serbisch aber hatte für ihn nur eine Dienstleistungsfunktion. Vieles fiel ihm erst nach längerem Nachdenken ein, eigentlich übersetzte er aus dem Deutschen, außer wenn er sich mit seinen Eltern unterhielt. Er träumte auf Deutsch.

Christoph war überdreht und stand immer wieder auf, beim dritten Mal fragte ihn die Frau vom Würstelstand, ob er aus dem Nachbarort sei. Sie wirkte selber darüber überrascht, nachdem sie den Satz ausgesprochen hatte. Christoph verneinte lässig, schien sich aber zu freuen, für einen Einheimischen gehalten zu werden. »Ich hab nur 'dacht«, setzte sie nach, dann wandte sie sich wieder dem Mann am Nebentisch zu, redete über einen gemeinsamen Bekannten, dessen Ehe-Aus sie alle überrascht habe, weil Dvořák und seine Frau immer als besonders glückliches Paar gegolten hatten. Sie redete laut und ausgiebig, Ante, Mia und Christoph immer wieder in Blick nehmend, stellte Fragen nach den Kindern der Dvořáks, aber der Mann antwortete einsilbig, nickte fast nur, sie selbst beantwortete ihre Fragen mit weiteren Fragen und Vermutungen. Als sie ansetzte, von einer Affäre von Dvořáks Frau mit einem Trafikanten aus Wien zu spekulieren, läutete vorne das Telefon und sie unterbrach sich mitten im Satz. Als das Wort »Schätzchen« zu ihnen nach hinten drang, sagte der Mann am Nebentisch: »Früh auf, der Herr Sohn …«, dann verließ er die Würstelhütte.

»Jetzt bist du also angekommen, im Kleinfamilienparadies, inmitten bunter Reihenhäuser, in der Bienen-, Möwen- und Heidegasse!« Früher hatte Christoph mit Ante über Widerstand und Rebellion diskutiert. Christoph war davon überzeugt gewesen, dass es keine individuellen Lösungen gebe und dass man durch Kampf lerne. Dass er Aktivist sei, weil er Dinge nicht einfach akzeptiere. Früher hatte er Ante aufgefordert mitzumachen, wenn er sich mit Gleichgesinnten zu kommunistischen Arbeitskreisen traf, in denen sie politische Literatur lasen, über Marx und den Kapitalismus diskutierten und später über die Gefahr der digitalen Überwachung.

Christoph, der ein paar Jahre jünger war als Ante und die Aufmärsche, Demos und Sitzstreiks der Achtzigerjahre gar nicht mitgemacht hatte, hörte irgendwann auf, Politikwissenschaft und Publizistik zu studieren, zu den Arbeitskreisen zu gehen, sich über Entwicklungshilfe Gedanken zu machen und Leute aus Südamerika kennenzulernen. Er arbeitete nun bei einem Telekommunikationskonzern, kannte sich in der digitalen Welt aus und sammelte erste und frühe Ausgaben von revolutionärer Literatur. Seine Wohnung war voller Regale und Bücherkisten. Christoph ging nicht deshalb nicht mehr zur Wahl, weil es keine Partei gab, die für ihn wählbar war. Vielmehr sei Wählen allein zu einer Floskel verkommen, unpolitisch, undemokratisch und sinnlos. Wenn sie sich trafen, dann um gemeinsam ein Fußballspiel anzuschauen.

In den unzähligen Schränken der großen Küche im Erdgeschoß fanden sich dutzende Teller in allen Größen, tief und flach. Dünnes, dickwandiges Porzellan, Geschirr, das Scharten hatte, Blümchen- oder grüne Zwiebelmuster und ausgebleichte Goldränder. Gläser und Tassen in großer Zahl. Barbara wollte alles behalten, nur die zerkratzten, schmutzig-schwarzen Pfannen und Töpfe in verschiedenen Größen hatte sie aus Angst vor Giften entsorgt. Als Ante den Haufen bei den Mülltonnen hinterm Haus sah, dachte er sofort an Stevans Herzinfarkt und er musste um das Haus herumgehen und nachschauen, ob sein Vater, das schon einmal tote Gespenst, immer noch dasaß.

Es war Anfang November, aber die Temperaturen waren unnatürlich hoch, sie hatten Freunde zum Grillen eingeladen. Stevan half mit, zwischendurch war er wieder verschwunden. Marija oder Ante fanden ihn dann hinter dem Haus auf einem Holzstapel sitzend oder in der Nähe der Bahngleise. Er dachte daran, was ihm seine Mutter bei seiner Ankunft zuhause erzählt hatte. Er dachte an den Tag, an dem sein Vater den Plötzlichen Herztod überlebt und er zum ersten Mal mit Barbara telefoniert hatte. Der Vater fühlte sich genesen, aber eine Zeit lang war er noch auf eine unerwartete Art sensibel, dann ruppig und dauernd schlecht gelaunt. Seine Frau, die er immer besonders fürsorglich und mit großer Zuneigung behandelt hatte, bekam seinen Unmut am stärksten zu spüren. Dann sagte er tagelang kaum ein Wort, saß unter Leuten, man wusste nicht recht, ob er überhaupt zuhörte. In der letzten Zeit kam häufig seine Disziplin durch und er bemühte sich, der Alte zu sein. So wie an diesem Tag im neuen Haus seines Sohnes.

Marija und Stevan waren in ihren ersten Wochen in Österreich in verschiedenen Heimen untergebracht gewesen, aber bald bei einem Bauern untergekommen. Nur wenige Monate nach ihrer Ankunft hatten sie Lilijana und Ante nachholen können. Marija hatte mit den Kolleginnen gelitten, deren Kinder in Jugoslawien geblieben waren, nicht alle hatten so großes Glück. Die alte Bäurin Vroni sorgte sich um Lili und Ante, lernte mit ihnen Deutsch und überhaupt für die Schule. Sie streifte mit ihnen durch die Wiesen und Wälder, die Kinder nannten sie vom ersten Tag an Oma. Vroni erzählte ihnen von ihrem Vater, der im Ort als Habenichts gegolten hatte, hinterlistig und falsch gewesen sein soll. In den Wirtshäusern war er nicht gern gesehen, die Einheimischen beschimpften ihn als Hallodri. Er war aus einem anderen Bundesland zugewandert, ein Steirer. Als die Familie Čolak in das kleine Häuschen zog, weinten die Kinder, weil sie von ihrer geliebten Oma wegmussten. Marija hatte kein schlechtes Gewissen, dass die Schlüsselkinder ihre Nachmittage allein und besorgt, wie sie als Erwachsene behaupteten, in dem Haus verbringen mussten, bevor sie von der Arbeit kam.

Marija genoss es, der kleinen Mia von ihrem Vater zu erzählen, sie tat es meistens auf Kroatisch, wechselte dann wieder ins Deutsche. Sie wurde immer selbstsicherer, auch unter Fremden, auch unter den Freunden der *jungen Leute.*

Drüben auf dem Stiegenaufgang saß Hans, der Kompagnon ihres Sohnes, mit Vanessa, Barbaras Freundin, die beim Film arbeitete. Sie war in einem sehr kurzen Rock und mit auffälligem Dekolleté gekommen. Marija hatte viel von Hans gehört, aber nicht, dass er eine lächerliche Figur war, ein richtiger Macker. Sie war froh, dass es Hans war, der dort saß, und nicht ihr Ante. Der ging davon aus, dass Hans seine ziemlich kluge und eigentlich gutaussehende Frau, die sich immer ein bisschen unvorteilhaft anzog und frisierte, niemals ernsthaft betrügen würde. Was Vanessa betraf, war er sich da nicht so sicher. Dieses Mädchen, so dachte Ante jetzt, war doch auf Probleme aus, nicht bewusst, aber sie dachte nicht nach, und es gefiel ihr, wie Hans sich produzierte. Ante unterstellte ihr, dass sie wie so viele Kreative, Unternehmerinnen, Künstler in ihrem Alter eigentlich verklemmter war als ihre Eltern und dass es nur darum ging, aus der Reihe zu tanzen, laut zu sein, Spuren zu hinterlassen, manchmal auch emotionale Verwüstung. Vielleicht war Barbara auch so gewesen, bevor sie einander kennenlernten, sie hatte ihm diese Seite nie gezeigt. Gerne hätte er Hans gewarnt. Als er sah, dass auch seine Mutter Hans und Vanessa bemerkt hatte, dachte er, was für ein Tölpel.

Die Männer redeten über Geld.

Über jenes, das dem ehemaligen Besitzer des Hauses zu fehlen schien, Spekulationen, und warum er die Immobilie so schnell wie möglich loswerden musste. Weshalb sie das Haus vor ihrem Einzug doch noch gekauft hatten, bis zur Unterschrift unter den Kaufvertrag waren gerade einmal zwei Wochen vergangen. Geld, von dem Barbara nicht wusste, dass es da war. Auch sie bekam welches von ihren Eltern. Sie war verwundert, dass sie so viele Menschen kannte, die ihr Geld in Aktien angelegt hatten und dass sich mehr oder weniger alle aus ihrem Bekanntenkreis mit Fremdwährungskrediten auskannten. Auch Vanessa, die ihr Atelier in einer abgerockten Fabrik hatte und daherkam wie eine Jugendliche, die nie Bargeld in der Tasche hatte, hatte all ihr Erspartes verloren. Ante hatte mit keinem Wort erwähnt, dass er ein wenig Geld angelegt hatte, auch damals nicht, als sie darüber nachgedacht hatten, sich eine größere Wohung zuzulegen. Was Barbara noch mehr wunderte, war, dass er wie die meisten ihrer Freunde auf diesen billigen Werbetrick hereingefallen war. Mündelsicher und Aktie, das war doch ein Widerspruch! Das verstand sogar sie, und sie wusste wirklich wenig über Geldgeschäfte und Zinssätze. *Der Vergleich macht Sie reich!* Barbara war davon überzeugt gewesen, dass niemand, den sie kannte, auf diesen Werbespruch hineinfallen würde. Dass sie von Antes Naivität überrascht war, der wie die anderen kleinen Sparer einer gutaussehenden Spießerin (einer mittelmäßigen Schauspielerin in enganliegender Bluse und schmalem Rock) hinterhergelaufen war, die ein Sparschwein verfolgte, behielt sie für sich. Barbara hatte immer noch ihr Sparbuch aus der Zeit, in der der Weltspartag gefeiert wurde und die Kinder sich für das Ersparte Plastikfußbälle und Wundertüten abholten. Heute waren nicht mehr als dreihundert Euro auf dem Sparbuch, aber es aufzulösen kam für sie nicht infrage.

Ein Pilotenkollege von René machte Musik über einen einfachen Verstärker, an den er seinen MP3-Player gehängt hatte. Der Sound war in Ordnung, die Musik war gut, aber niemand tanzte, dem DJ war die Enttäuschung anzusehen. Vorher hatte er sich mit Ante über Soundsysteme unterhalten und als Jasmin dazugekommen war und erwähnte, dass Ante früher sein Geld mit Plattenauflegen verdient hatte, wollte er einen Rückzieher machen, was ihm Ante ausreden konnte.

Volkan fuhr im offenen Cabrio davon, andere schoben ihre Kinder vor sich her oder hatten sie sich über die Schulter gelegt, auf dem Weg zum Auto oder zur S-Bahn. Im Garten brannte noch die Girlande aus bunten Glühbirnen, und wenn man genau hinhörte, konnte man aus den Resten der Feuerstelle hin und wieder ein leises Knacken hören.

Kurz nach zehn schlenderte eine ausgelassene Truppe Übriggebliebener ins Zentrum von Maria Ellend. Die Schwüle des Nachmittags lag immer noch in der Luft, Autos waren keine unterwegs, die Straßenbeleuchtung spärlich. Für Barbara fühlte sich noch nichts so an, als wären sie in einen wirklich existierenden Ort mit wirklichen Menschen und einer funktionierenden Infrastruktur übersiedelt. Alles ein wenig irreal. In den Fenstern der Ein- und Mehrfamilienhäuser brannten Lichter, hier und da der Schein eines Fernsehbildschirms. Barbara und Hans tauschten Kindheitserinnerungen an scheinbar verlassene Orte aus, in denen die Menschen immer zu früh ins Bett gingen und einen zum Außenseiter machten durch die deutlich sichtbare Ordnung, durch die immergleichen Tagesabläufe. Aus einer Gasse spazierten zwei Jugendliche auf sie zu und aus dem Wirtshaus auf der anderen Seite der Gleise kamen ein paar Leute, die sich noch eine Weile bei ihren parkenden Autos unterhielten, bevor sie davonfuhren.

Sie fanden ein kleines Häuschen, über dessen Tür ein Schild mit *Kegelcafé* leuchtete. Im Fenster zur Straße hin das unbeleuchtete Logo einer Biermarke, dahinter Vorhänge, durch die ein wenig bläuliches Licht nach draußen drang. Drinnen wurden sie von drei älteren Männern vor halbvollen Biergläsern an zwei kleinen Tischen empfangen, einer der Männer hatte die Augen geschlossen. Die Kegelbahn selbst bestand aus zwei Bahnen und war von einer langen Reihe blau flimmernder Neonröhren beleuchtet, gespenstisches, kaltes Licht. Lautes Knacken, dann erschienen auf den Anzeigetafeln LED-Achter. Aus der Durchreiche daneben, die sich als Bar entpuppte, hieß sie eine tiefe weibliche Stimme willkommen, dann erschien das Gesicht dazu und bald darauf eine dicke Frau in der Tür neben der Bar. Sie stand in der kleinen Gruppe, und das Erste, was Barbara und Vanessa auffiel, war ihr betörend guter Geruch. Stellte die Männer mit Vornamen vor: »Und ich bin die Gerda, mir gehört auch der Würstelstand neben der Gemeinde.« Gleich fragte sie, ob sie aus dem Nachbarort kämen. »Wien«, antworteten Barbara und Vanessa gleichzeitig. Christoph bestellte Getränke für alle, er benahm sich wie ein Fremdenführer: Die Truppe ist ihm anvertraut, aber sie wird wechseln, die Leute vor Ort sind es, mit denen er ein freundschaftlich-geschäftliches Verhältnis pflegt. Er berührte die Wirtin am nackten Oberarm, und weil er schon ziemlich betrunken war, bemerkte er gar nicht, dass Gerda ihn nicht wiedererkannte, was ihn ansonsten bestimmt verärgert hätte. Nicht zuletzt, weil es seiner Kleinstadttheorie widersprach: Jeder kennt jeden und Fremde fallen auf. Die Wirtin forderte ihn auf, ihr seine Freunde vorzustellen, was er mit leichtem Zungenschlag bewerkstelligte: »Bibiana hier, die Frau mit dem bemerkenswerten Lippenstift … Kollegin aus der Wiener Gastronomie … die junge Dame an ihrer Seite aus dem Filmgeschäft ist Vanessa … die Herren mit den akuraten Frisuren arbeiten in der Nachbarschaft …« – »Und wer von euch zieht in die Schneckenvilla?« – »Das bin ich«, antwortete René, »mit meiner Familie und meine Schwägerin hier mit Kind und Kegel.« Die Wirtin legte den Flaschenöffner zur Seite und schaute Barbara sehr intensiv an, als würde sie sich fragen, wo sie sie schon einmal gesehen haben könnte. Dann sagte sie: »Na dann, herzlich willkommen im Elend!« Einer der drei alten Männer schob sein halbvolles Glas von sich. »Gerda, Sekt für die neue Nachbarin!« – »Sekt?« – »Frag nicht, schenk ein, und die anderen haben auch noch nichts. Auf mich, geht auf mich«.

Auf einmal öffnete der Zweite die Augen, richtete sich auf, trank sein Glas in einem langen Zug aus, zog eine Zigarettenpackung aus seiner Brusttasche, rauchte, schaute alle der Reihe nach an. Dann wandte er sich Barbara zu, die gerade neben ihm Platz genommen hatte, nachdem ihre Kugel den Kegeln entgegengeeiert war, dass gerade einmal einer umgefallen war. Ihr tat das blaue Licht in den Augen weh. »Sind Sie die Dame vom Film?«, und als sie abwinkte und vage in Vanessas Richtung deutete, was er nicht zu bemerken schien, redete er einfach weiter: »Die Befreiung der beiden Salzburger, ist das nicht ein Stoff, ist das nicht Filmgeschichte, wie man sie sich wünscht?« Niemand reagierte auf ihn, nur Barbara sagte nach einer Weile, »mit Film habe ich echt nichts zu tun, da müssen Sie schon …«, aber er hörte nicht auf sie, unterbrach: »Ja sicher, das muss man alles erst herausfinden, aber die Wüstenurlauber werden schon erzählen, die brauchen doch sicher Geld, jetzt, nach der langen Geiselhaft. Ein Mann und eine Frau. Und die Hunde kaltblütig erschossen, das muss man sich einmal vorstellen!« Jetzt mischte sich der Dritte ein. »Ob das so interessant ist, also ich weiß nicht. Und dann halt: Stockholmsyndrom in der Wüste? Willst du das sehen? Gerda?! Glaubst, die Leut' schauen sich das an, Helmut? Ist das wieder eine Idee von dir, von der bist überzeugt, oder?« Vanessa hatte als einzige keine Ahnung, wovon die Rede war. Die anderen erzählten ihr von der Entführung vor einem halben Jahr, und dass die beiden Urlauber soeben freigekommen waren, nach Monaten. Botschafter, Verhandler, Unterhändler.

Die Wirtin hatte die letzte Stunde in ihrem Guckloch verbracht, jetzt zwängte sie sich wieder durch die Tür und stand zwischen den beiden Tischen, eine Zigarette in der Hand, die sie sich nicht anzünden ließ. »Man muss von diesen Abenteurern das Geld zurückverlangen, das die den Steuerzahler kosten. Muss man denn in einem Kriegsgebiet, also Krisengebiet Urlaub machen? Wie kommen wir dazu, dass wir Lösegeld bezahlen für solche Abenteurer?« – »Ach Gerda, streng bist du. Würdest du deinem Sohn verbieten, da hinzureisen?« – »Als könnt' ich das!« – »Aber es gab keine Reisewarnungen für die Gegend, die Leute waren doch in Tunesien, das ist doch ein Urlaubsland wie jedes andere …« Gerda wischte durch die Luft, in Renés Richtung, kaum hatte er das Wort »Reisewarnung« ausgesprochen. »Ich bin heilfroh, dass die wieder gesund zurück sind, das sag' ich euch, das könnt ihr mir glauben. Aber zahlen müssen sie dafür, das ist doch selbstverständlich.« – »Wie viele Frauen in letzter Zeit wieder aufgetaucht sind.« Alle schauten jetzt auf Bibi, als hätte sie etwas gar Wundersames gesagt, und warteten ab. Sie ließ sich Zeit, Christoph und Hans hatten gerade Kugeln in der Hand, zuerst schob Hans, kurz darauf Christoph, auf beiden Bahnen alle Neune. »Also natürlich, im Frühling, Amstetten«, als wollte sie es gar nicht wirklich aussprechen. »Und an meinem Geburtstag wurde diese kolumbianische Politikerin befreit.« – »Wer weiß, wie sie heißt?« Der Name fiel niemandem ein, nur Hans sagte, dass sie von Guerilleros der FARC entführt worden sei. Der Dritte starrte Bibi an. »Machen Sie in der Wüste Urlaub? Machen Sie das noch?« Fast schrie er, dann sackte er ein bisschen in sich zusammen, wartete ab.

Auch Barbara wartete ab, das blaue Licht tat ihr in den Augen weh. Was war das Zentrum der Welt? Sie war immer davon ausgegangen, Ich wäre die richtige Antwort, aber dann hatte sie gemerkt, das Zentrum in Antes Leben war die Liebe, ihr Glück, ihre Familie. Am Nachmittag hatte er, ohne jeden Zusammenhang, zu ihr gesagt: »Ohne Zärtlichkeit würde man sich erschießen.«

Der Dritte schien verzweifelt, er wirkte, als würde er ein lange gewälztes Problem vortragen. »Die Frauen wollen alle Rechte … alle Menschen sollen gleichgemacht werden, aber dass es Völker gibt, die andere Werte haben, das wollen sie nicht einsehen.«

»Betancourt! Sie heißt wie meine Oma: Ingrid.« Renés Kollege strahlte Bibi an, die nicht anders konnte, als zurückzulachen.

Hier bin ich angekommen?, fragte sich Barbara. Fernreisen, Terrorgefahr, schlechter Sekt, den ich nicht einmal unschwanger tringen würde? Irgendwann erzählte der Dritte noch von einem Anschlag auf das örtliche Wallfahrtsziel, wobei er allerdings von Gerda unterbrochen wurde, er solle nicht solchen Schund erzählen.

11

Seit sie aufs Land gezogen waren, fotografierte Barbara häufig ihre Kinder. Mia war fünf und John mittlerweile drei Jahre alt. Sie machte auch Fotos von Dario und Esther, den Kindern ihrer Schwester. Vier kleine, nicht mehr ganz so kleine Menschen. Auf den Fotos war alles da, auch wenn es nicht immer zu sehen war. Wie der Schnee liegen bleibt an manchen Stellen im Garten, an Wegrändern. Die Ansammlung von Gummistiefeln in verschiedenen Größen, dreckig, manche innen nass, nachdem es ein paar Tage geregnet hatte. Schneckenhäuser und Steine: Die kleinen Käfer im immergrünen Efeu, vor denen John Angst hatte, weil sie durch das Fenster in sein Zimmer kommen könnten. Wie er seinen Vater brüllend weckt: »Aufstehen! Es ist Sommer!« Ihre Trampfelpfade durch die Wiese, auf der Mohn verblüht, Baumwipfel und Wolken, die verschieden hohen Wasserstände der Seitenarme und Tümpel der Donau. Ein Haarschopf von oben: Mia, die einen kleinen Frosch in der Hand hält. Die Steinesammlung, zu der John ein paar Blütenblätter beigesteuert hatte, wenige Augenblicke später ging ein Gewitter los. Die Fotos zeigten Kontemplation, manchmal behutsamen, oft ungestümen Umgang mit der Natur, die sie umgab. Die Menschen, die sie liebte und die ihr nahe waren, in der Mitte von allem. An ihren Kindern verstand Barbara noch einmal so viel besser, dass das

Sehen vor dem Sprechen kommt. Schauen ist ein lebenslanger Prozess, bestimmt den eigenen Ort in der umgebenden Welt. Darauf folgt eine Berührung, egal, wie nahe oder weit entfernt das Abgebildete ist. Durch den Blick oder das Berühren eine Beziehung aufnehmen. Die Bilder sind Spuren des Wirklichen.

Immer wieder kontrollierte sie die Anzahl der Likes, die ein Foto von einem sizilianischen Zitronenbaum bekommen hatte. Sie hatte es schon im Frühling gemacht, aber erst an diesem Morgen hochgeladen. Über hundert, mehr würden es jetzt kaum noch werden, sonntags war immer weniger los.

Sie fotografierte immer noch auch sich selbst. Ein Foto, das sie am Bauch liegend zeigte, mit einem Lichtstreifen, der ihren Körper in zwei Hälften teilte, hatte zweieinhalbtausend Likes bekommen. Es stammte vom vergangenen Winter, und das Licht, das auf ihre Unterhose fiel, war gebrochen, wie ein kleiner Regenbogen (*#selfportrait. although it's cold outside/do you know me?*). Sie hatte gedacht, das und die Gänsehaut auf ihren Oberschenkeln seien zu viel Gefühl und Körperlichkeit, aber das Gegenteil war der Fall: das Bild mit der höchsten Bewertung.

Barbara hatte über siebentausend Abonnenten, das war viel, sicher. Sie schrieben *wow wow wow* darunter, oder *beautiful* oder *amazing* und *mit welcher kamera hast du fotografiert, barbie?*, Emojis, Herzen, Blümchen, was es alles gab. Aber waren siebentausend für die Zeit, die sie mit der Seite, mit den Beschreibungen und Kommentaren und Antworten verbrachte, nicht zu wenig?

Es machte sie nervös, von Journalisten oder anderen Interessierten zu lesen, was um sie herum geschah.

Ständig Nachrichten von Nachrichten, alle gaben immer die gleichen Sachen wieder. Sollte sie sich wirklich noch und noch einmal das Foto von Barack Obama und seiner Mannschaft im Situation Room anschauen, als sie den Einsatz gegen Osama bin Laden verfolgen? Hillary Clintons Hand vor dem Mund, als sei etwas Schreckliches geschehen, als müsse man das erst einmal begreifen. Was war denn überhaupt noch schrecklich? Alle teilten dieselben Videos, dieselben GIFs, dieselben Zitate, manche noch Wochen später. Die Interessiertheit der anderen brachte sie mehr und mehr davon ab, überhaupt noch Nachrichten aufnehmen zu können.

Wer war denn noch wirklich Journalist? Ein Fotoreporter zum Beispiel? High Fashion war kein so großes Thema mehr, dafür fotografierten die Menschen auf der Straße sich gegenseitig. Verwendeten »Demokratie« und »Streetstyle« zusammen in einem Satz, das kam ihr verlogen vor. Alle waren Augenzeugen. Millionen Menschen hatten Amy Winehouse dabei zugeschaut, wie sie sich zugrunde richtete. Auch Barbara gab dem Suchbefehl längst nach. *Amy on stage. Amy drugs. Amy dead*, auch als sie noch lebte. Alle, alle folgten der Spur aus Unfällen und Stürzen, aus Verletzungen und Selbstverstümmelungen. Nachher waren sie ehrlich schockiert, dass sie mit soundsoviel Alkohol im Blut gefunden worden war, und echt tot.

Fotografieren war nur mehr ein Teil des Bildes, wenn auch immer noch ein relevanter. Bearbeiten, Verarbeiten und Teilen. Und sie teilte. Für jedes Stichwort, jeden Moment gab es unzählige Bilder. Vielleicht wurde die Wirkung eines einzelnen Bildes dadurch kleiner, aber Barbara bedrückte, dass sie die *Staubfrau* aus dem World Trade Center kannte, oder den maskierten Gefangenen in Abu Ghraib, dem von den Fingerspitzen elektrische Drähte wegstanden. Sie hätte diese Fotos lieber nicht gesehen, auch wenn sie wusste, wie schnell die meisten von ihnen von neuen abgelöst wurden.

Die zierliche Gartengarnitur, die sie bei ihrem Einzug vorgefunden hatten, hatte Jasmin durch eine weitere ergänzt, im Internet gekauft. Seit sie am Land lebten, erstand sie alte Möbel und Accessoires. Blumenkisten, eine Hollywoodschaukel und Liegestühle mit Spaghettibespannung. Sie verbrachte viel Zeit im Netz, fuhr in der Gegend herum, um Stücke zu begutachten und abzuholen. Einiges wurde mit der Post geschickt oder von verschiedenen Zustelldiensten geliefert. Barbara kannte die Zusteller wie früher den einen Briefträger, oft nahm sie für ihre Schwester etwas entgegen. In ihrer Wohnung gab es Thonet-Stühle, dänische Sessel, Bauhaus-Lampen, verschiedene Kleinmöbel. Jasmin kaufte Silberbesteck und zierliche Nachttischlampen. Esthers Schreibtisch war ein einfaches, aber schönes Biedermeier-Stück, und im Vorzimmer diente ein Reck mit Lederüberzug als Garderobe. Viele schöne Sachen.

René sprach von Kaufsucht, und er sagte tatsächlich, dass sie es sich bald nicht mehr leisten könnten. Ein starkes Stück, fand Barbara, schließlich verdiente ihre Schwester eigenes Geld. Die Sachen waren nicht billig, aber Jasmin recherchierte und verglich und bekam sie oft zu einem verhältnismäßig guten Preis. Jasmin arbeitete mittlerweile als mobile Krankenpflegerin, sie studierte Medizin und brachte die Kinder zum Fußball, Landhockey, Tanz- und Musikunterricht. Hielt alles am Laufen. War René kleinlich? Geizig?

Die filigranen Stühle waren nicht bequem, aber hübsch. Die Kinder saßen darauf ohnehin nur so lange wie nötig, schon waren sie wieder unterwegs. Dario lag in einer Hängematte im Garten, las wahrscheinlich einen Fantasyroman. Die Kleineren spielten mit Puppen und gruppierten die Kinderplastikstühle um. Jasmin, Ante und Barbara tranken Kaffee. Jasmin behauptete, sie wolle weniger einkaufen. »Vielleicht bin ich wirklich süchtig?« Und dann, zu Barbara: »Wir zwei Junkies, immer online, was?« Mittlerweile konnte sie mitlachen, wenn sich andere, vor allem René, über sie lustig machten. René kam von seinem Dienst nachhause und verschwand wegen eines Migräneanfalls gleich nach oben.

Für Barbara war Ante immer noch ein schöner, aufregender Mann. Nicht unbedingt, wenn er in Tennissocken auf dem Sofa lag, Musik hörte und abgestandenen Tee trank, weil er nicht aufstehen mochte, wie er es jetzt gleich machen würde, aber sonst fast immer.

Sie würde an den Computer gehen und noch ein paar Bilder hochladen. Das Geschirr räumte niemand weg, und Barbara ärgerte sich schon im Vorhinein ein bisschen. Sie wollte nicht, wenigstens am Wochenende, das Gefühl haben, ständig hinter allen herzuräumen. Während der Woche trank sie den Kaffee, den sie sich nach dem Mittagessen machte, häufig erst am Abend aus. Sie würde sich ein bisschen bei Ante aufregen, er würde dann vielleicht irgend etwas anderes im

Haushalt machen oder sich um die Kinder kümmern, die gerade zu einem Streit ansetzten. Später würde Jasmin herunterkommen und die Reste des Mittagessens in die Küche räumen. Jasmin regte sich nie auf, obwohl René vielleicht noch weniger half als Ante.

Barbara und ein alter Freund von Ante standen im Garten herum, er flirtete ein bisschen mit ihr. Antes Freund war charmant und bedauerte, dass er von ihrem Geburtstag nichts gewusst habe, den sie am Vorabend mit einem Überraschungskonzert von Freunden gefeiert hatte. Das gute Gefühl, endlich wieder einmal im Mittelpunkt zu stehen. Hatte mit der Theatermacherin zusammen *Halt dich an deiner Liebe fest* ins Mikro geschrien, sie hatte alles sehr genossen.

»Ich würde so gerne einmal in einem schwarzen Angeberauto herumfahren.« Als sie präzisierte, sie würde gern eine Spritztour mit seinem Jaguar machen, war es vorbei mit der Flirterei. Ante kam dazu und sagte: »Bleib cool, Barbara ist eine super Fahrerin.« Ihr roter Renault-Kombi aus den 1980er Jahren beeindruckte ihn nicht. Willigte dann aber doch ein, Barbara war gleich aufgeregt. »Lass uns nach Hegyeshalom fahren …«

Im Auto kam es ihr zuerst eigenartig vor, einfach so in der Gegend herumzufahren, aber dann stieg sie aufs Gas. 150, 160 war sie schon gefahren, aber in diesem Wagen war es anders. Antes Freund saß am Beifahrersitz. Der Steuerknüppel in ihrer Hand vibrierte. Es war kaum Verkehr. Die Straße war eigentlich frei. 190. War's das schon? Ja, Barbara musste lachen. Sie stieg noch weiter aufs Gas, sie hielt die Luft an. Sie fuhr. Sie spürte alles, die Beschleunigung, die Geschwindigkeit, die Fahrt. Sie war ein Teil davon. Sie war hochkonzentriert. Nahm ihren Beifahrer nicht wahr, bis er mit vorsichtiger Stimme meinte: »Komm, jetzt ist auch wieder gut.« Sie dachte, spürte Wow, es hatte sie ganz erfasst. »Wir sind ja gleich da, und hier … schau … kein Verkehr … wie …!« Ihr Bein war leicht und schwer zugleich. Sie nahm alles um sich herum wahr und auch wieder – Barbara wusste, dass jetzt gleich die Raststätte kommen würde, die Baustelle war schon angezeigt gewesen. Auf einmal Gegenverkehr. Jetzt. Flugmodus. Das Steuer herumreißen und in das entgegenkommende Auto hineinfahren, es wäre nie wieder so gut wie in diesem Moment. Während sie die Geschwindigkeit wieder zurücknahm, warf sie einen Blick über die Schulter, wie um sich zu vergewissern, dass ihre Kinder nicht am Rücksitz saßen. Der Gedanke war ihr in alle Glieder gefahren, ein kurzer Moment des Erstarrens folgte auf dieses Fließen, diese Freiheit, die Befreiung, dass alles vorbei sein könnte, auf einmal.

Kurz vor der Baustelle seien es 230 km/h gewesen, behauptete Antes Freund. Er bestand darauf, selbst zurückzufahren.

Seit kurzem entwarf Barbara zwischen ein und vier, halb fünf Uhr morgens im Kopf eine eigene Modelinie, dichtete Lyrics für ihre späte Karriere als Sängerin und schrieb Kurzgeschichten für ihr erstes Buch. Schlafprobleme. Wenn sie nach acht gerädert aufwachte, hatte sie alles wieder vergessen oder es kam ihr lächerlich vor. Manchmal schaffte sie es an solchen Tagen nicht, die Kinder in den Kindergarten zu bringen. Anstatt dieses eine, nein, zwei wichtige Telefonate zu führen, ein paar Mails zu beantworten oder den einen Ordner mit Fotos durchzuschauen, räumte sie hinter den Kindern her, schlichtete Streit, sang Kinderlieder und kochte Essen. Wenn ihr alles zu viel wurde, fuhr sie mit ihnen ins nächste Einkaufszentrum.

Heute Morgen war sie gar nicht wieder eingeschlafen, hatte John und Mia früh in den Kindergarten gebracht und einiges erledigt. Sie hatte gerade noch versucht, ein paar Seiten zu lesen, war aber in einen kurzen, wirren Schlaf gefallen. Sie wurde vom Regen geweckt, der ihr so stark vorkam, dass sie fürchtete, das Wasser würde gleich bei der Tür hereinrinnen, aber als sie ganz zu sich gekommen war, hatte es aufgehört. Die Wiese und alles war sehr nass, sie suchte eine Kappe und ihren Regenmantel. Es war der Regenmantel ihrer Mutter, wahrscheinlich fast so alt wie sie selbst, das Plastik war an manchen Stellen porös, die Ärmel waren zu kurz für sie, die Farbe ausgebleicht. Sie stieg in ihre Gummistiefel.

Mia fand sie in der sogenannten Kanzlei, dem Büro von Monika, der Kindergartenleiterin, vor. Sie saß an einem kleinen Tisch neben dem Schreibtisch und zeichnete Striche auf immer noch ein neues Blatt, das sie daraufhin auf einen schon beträchtlichen Stapel legte. Daneben ein dicker Ordner, ein Locher. Sie konnte den Locher nicht bedienen, weil sie zu wenig Kraft hatte, aber die Leiterin half ihr, und schließlich heftete Mia alle Dokumente ab, nach einem undurchschaubaren System zwischen grüne und rosarote Trennblätter. John war im Bällchenbad im Keller.

Irgendein Kind rief immer: »Mia! John! Abgeholt«, außer sie waren die letzten, wie heute. Mia wollte nicht das letzte Kind sein, das abgeholt wurde, außer sie saß bei Monika in der Kanzlei. Und was Mia nicht wollte, wollte auch John nicht. Jetzt wollte John nicht nachhause, weil er die Kindergärtnerin für sich hatte und weil Mia oben noch Sachen fertigmachen musste. Die Kindergärtnerin schaute alle paar Minuten auf die Uhr. Als Mia und John endlich in der Garderobe waren und anfingen, sich langsam anzuziehen, sagte sie im Vorbeigehen, John und Mia seien dafür verantwortlich, wenn ihre Tochter vor dem Haus warten müsse.

Barbara überlegte, ob sie nicht bei der Würstelhütte essen könnten, aber nein, sie würde ihnen was machen, sie würden sich alle ausziehen, kochen, spielen, essen, dann würden sie sich wieder anziehen und hinausgehen.

Mittlerweile schien die Sonne, immer noch war die Luft frisch und die Wiesen nass. Im Garten konnten sie weder im Gras noch im Sandkasten spielen. Vor einiger Zeit waren sie über die Äcker und einen kurzen Waldweg zum *Lagerhaus* im Nachbarort gewandert, um ein Starterseil für den Rasenmäher zu kaufen. Da Mia von den ausgestellten Landmaschinen so begeistert war, dass sie gar nicht mehr wegwollte, hatten sie den Ausflug schon ein paarmal wiederholt. Auch jetzt. Die sandigen, teilweise geschotterten Wege standen großteils unter Wasser. Mia und John preschten durch die Lachen. Es war eigenartig, wie Mia mit ihrem kleinen Bruder im Schlepptau die Maschinen abschritt, erklärte, bei Barbara nachfragte. Manchmal war ein Verkäufer bei ihnen, der vom Interesse des Mädchens ganz entzückt war.

12

Ein Journalist hatte Hans Aufderklam einmal den »Bill Gates aus Hietzing« genannt. Gates hatte angekündigt, die Musik werde frei im Netz zu haben sein, für Hans bedeutete dies das baldige Ende der CD, an die er nie geglaubt hatte.

Zuerst waren seine Plattenspieler Prestigeobjekte für Leute, die sehr viel Wert auf Ausstattung und Design legten und sich das leisten konnten, bald kauften immer mehr Menschen die schlichten Plattenspieler von *Aufderklam Audio*. Sie waren nicht die einzigen Turntable-Hersteller, aber mit ihrem puristischen Design zu einem guten Preis waren sie von Anfang an ein Geheimtipp, und von diesem Status lebten sie eine Zeit lang sehr gut. Dann fing Hans an, immer noch ein Modell und noch eines zu entwickeln. Es gab knallbunte Chassis und welche, die man an der Wand montieren konnte. Früher oder später würden sie die Fabrik in Tschechien noch einmal erweitern müssen. Wie stark das Geschäft tatsächlich noch wachsen würde, konnte allerdings nicht einmal der optimistische Hans vorhersagen.

Ante verhandelte mit Vertriebspartnern und schulte sie ein. Ausstellen, vorstellen. Seine Arbeit war immer einfach gewesen (erzählen, warum guter Klang mehr war als das, was man hörte, und erklären, woraus er sich zusammensetzte), er arbeitete viel.

Die ehemalige Staubsaugerfabrik lag in einem kleinen Ort in der Nähe von Hodonín. Es war ein siebenstöckiges Gebäude, die Häuser rundherum hatten höchstens zwei Etagen. Vor einer Weile war die Fabrikation auf eine Halle mit neuen Maschinen im Nachbarort erweitert worden. Den Turm würden sie nicht aufgeben, die Designer und die meisten Büros blieben in der siebten Etage.

Stevan, der Hans und seinen Sohn begleitet hatte, begrüßte Pavel, der für die Lackierer im Erdgeschoß zuständig war, wie einen alten Bekannten, bevor sich die beiden älteren Herren in einem Gemisch aus Tschechisch und Kroatisch unterhielten. Auch die Frauen, die gerade Chassisteile polierten, freuten sich über Stevans Besuch, als wäre er der Seniorchef. Stevan konnte die Augen nicht von den Frauen lassen, die mit extra langen, sehr bunten, glitzernden Fingernägeln Tonarme zusammenbauten. Er strich über die MDF-Plattenteller und über die aus Aluminium, ließ sich von Ante die Sandwichmethode, den Materialmix aus MDF und Aluminium oder Carbon erklären, wie es sich mit der Auflagefläche verhielt, den Füßen. Bei den CNC-Maschinen stand Stevan besonders lang. »Das hätte ich gerne noch gelernt.« Ein anderer Lieblingsplatz war im fünften Stock, wo die Motoren und die Leiterplatten zusammengebaut wurden. Zwischen leeren Schachteln und verpackten Geräten, Einzelteilen auf Palettenregalen und Aluminiumschnitzel in großen Kisten suchte er sich den Weg.

Im Auto Richtung Nordböhmen redete Stevan weiter. »Erinnerst du dich, wie scheußlich mir das vorgekommen ist, dass hier alles so unordentlich ist?« Er lachte. Er hatte die Halle mit den neuen Maschinen, die gerade aufgestellt wurden, ausführlich begutachtet. Demnächst die Programmierung, dann ging es los. Die Halle war sehr groß, sehr aufgeräumt, noch.

Dem Gespräch über die Fabrik folgte eines über Antes Position in der Firma. Stevan verstand seinen Sohn nicht. Er hatte ihn regelmäßig gefragt, und er hatte ihn immer wieder ermuntert oder eher aufgefordert, bei Hans als Partner einzusteigen. Es war Ante, der es immer hinausschob, Ausreden fand. Diese Zögerlichkeit war Stevan fremd. Ante hatte alle Möglichkeiten gehabt, und Stevan hätte sich gewünscht, dass er die Chance, in ein Unternehmen einzusteigen, genutzt hätte. Wie gering das Risiko gewesen war! Wenn er heute Ante ermunterte, klang er trotzdem weniger fordernd als zu der Zeit, in der er selbst noch angestellt war. »Für die Arbeiter bist du der Chef, alleine schon, weil du der Ältere bist. Aber natürlich ist es etwas anderes, wenn dein Name im Firmenverzeichnis steht, wenn du am Gewinn beteiligt bist und nicht nur ein Gehalt...« Stevan dachte überhaupt nicht daran, dass sein Sohn mehr Geld hätte verdienen können, ihm ging es um die Verantwortung und fachliche Wertschätzung, die mit einer Betriebsleitung einherging. Wenn sie darüber geredet hatten, hieß die Firma unter Antes Beteiligung immer *AC Audio*, nie *Aufderklam Čolak Audio*. Und als wäre es Stevan unangenehm, über dieses Thema zu sprechen: »Das sind schon ein paar Experten ... Wie viel tausend Euro, was kosten die? Wer kauft so etwas, Russen, Amerikaner?« Ihn beeindruckten auch die Controller, die, wie er sagte, den lieben langen Tag schöne, klassische Musik hören könnten. »So etwas wünscht man sich in der Nachmittagsschicht, oder?« – »Ach, Tata.«

Als sie das Hotel erblickten, rief Stevan aus: »Das ist ja Science-Fiction!« Man hätte meinen können, das futuristisch anmutende Gebäude wuchs aus dem Berg Ještěd heraus, um sich gegen den Himmel zu strecken, weil es die Kegelform des Ještěd, auf dessen Spitze es gebaut war, direkt aufnahm. Stevan war in mulmiger Stimmung, hatten sie sich nicht zu viel zugemutet? Die weite Fahrt hierher, dieses extravagante Hotel und dann noch ein Fußballspiel. »Hast du mir nicht einmal erzählt, dass die Fans sich die Schals anzünden? Die eigenen Schals?!« Sein Sohn beruhigte ihn, zu Clubs mit derart fanatischen Ultras wäre er mit ihm nicht gegangen, auch nicht allein. Aber Slovan Liberec gegen FC Sevilla, ein Spitzenspiel der Gruppenphase, der Zweitplatzierte gegen den ersten, und dann noch dieses Raumschiff-Fernsehsender-Riesenhut-Hotel, es musste einfach sein.

Als sie von der Seilbahn zum Hotel wanderten, bemerkte Ante, dass sein Vater alt geworden war. Fiel ihm das stärker auf, weil er ihn öfter sah? Nach der Reha hatte der Vater gesagt, alles, was jetzt noch komme, sei eine unverlangte Zugabe, der Bonustrack seines Lebens. »Wer hätte wissen können, dass die B-Seite kürzer angelegt ist als die A-Seite, die mit den ganzen Hits?« Machte er jetzt schon so kleine Schritte wie die richtig alten Leute, Trippelschritte? Sein Vater war in einem guten Zustand, gesünder wahrscheinlich als vor seinem Herztod. Kein Gramm Fett zu viel auf den Rippen; er wirkte zierlich im Vergleich zu früher. Sein dichtes Haar war immer noch schwarz, mit wenigen grauen Strähnen.

Sie hatten im Restaurant die Aussicht, aber nicht

das Essen genossen, sich im Stadion gewundert, dass die Ränge halb leer waren. Der späte Ausgleich von Sevilla freute Ante, aber nicht seinen Vater, der sich der Gastgebermannschaft verpflichtet fühlte, das Städtchen gefiel ihm, sie hätten es sich verdient. Slovan Liberec führte die Silhouette des Berges mit dem Hotelfernsehturm im Mannschaftswappen. Stevan wollte für seinen Enkel einen Aufkleber im Fanshop besorgen, das zumindest.

Nach dem Spiel fühlte sich Stevan gut, es war die Erleichterung und das Staunen darüber, was alles ging. Immer hatte er sich gesund gefühlt oder zumindest behauptet, niemals krank zu sein. Jetzt wollte er diesen besonderen Moment mit einem guten tschechischen Bier begießen. Überschwänglich rief er aus: »Warum nicht gleich hier?« Ante war dafür, fuhr aber am Wirtshaus mit dem großen *Gambrinus*-Schild vorbei, auf die Tankstelle zu. Als er vom Zahlen zurückkam, wunderte er sich über die offene Beifahrertür, aber erst als er um das Auto herumging, merkte er, dass sein Vater verschwunden war. »Tata? Stevan?« Er schaute sich um. Die Tankstelle lag an einer Kreuzung. Sein Vater war wahrscheinlich auf die Toilette gegangen. Ante wollte sich eine Zigarette anzünden, tat es dann doch nicht, wartete ans Auto gelehnt. Auf der Straße war niemand, hin und wieder fuhr ein Auto vorbei. Er ging in das Tankstellengebäude zurück, weil er draußen keinen Hinweis auf ein WC gesehen hatte, der Mann an der Kasse sagte, es gebe keines. Es war doch nicht denkbar, dass sein Vater allein auf ein Bier gegangen war. Es konnte doch nicht sein, dass er einfach aus dem Auto gestiegen war und – wohin? Nein, der Mann von der Tankstelle hatte auch niemanden gesehen. Ante stand auf dem Gehsteig, schaute sich um. Rief seinen Vater an, das Handy läutete im Auto. Da lag auch noch die Brieftasche, die er beim Einsteigen auf das Armaturenbrett vor sich gelegt hatte. Der Vater hätte nie, nie, auf keinen Fall, und wenn er sich nur zwei Meter vom Auto wegbewegt hätte, seine Geldbörse da liegen lassen, das machte er nicht.

Ante ging zuerst Richtung Wirtshaus, auf einer der beiden größeren Straßen, er wusste auch nicht, nur ein paar Schritte, dann drehte er um und ging an der Tankstelle vorbei. Zweistöckige Häuser, graue Fassaden, manche Fenster waren erleuchtet, er hörte … was war das? Ante rannte auf die Büsche zu, eine Böschung war da und zwei Männer, die auf … war das sein Vater? »Tata!« Ante schrie, er schrie so laut er konnte, noch einmal, und stürzte sich auf einen der beiden, der auf den am Boden Liegenden eintrat. Der Mann drehte sich weg, nicht um, nicht zu Ante hin, der andere (was hatte der, hatte der auch getreten, hatte der Schmiere gestanden?) schrie: »Scheiße!« Deutsch, dachte Ante, der versuchte, den Tretenden festzuhalten, und schrie: »Aufhören, Polizei, hört auf, aufhören!« Ante erwartete, dass sie ihn niederstießen, ihn festhielten und auch auf ihn eintraten.

Ante war sechs Jahre alt und auf dem Heimweg von der Schule. Er machte wie immer diesen kleinen Umweg zum Bach, das war ihm verboten (er wusste nicht einmal, ob der Bach einen Namen hatte). An der Kapelle standen zwei Männer, erst als er näher kam, sah er, dass es drei waren. Die beiden redeten auf einen dritten ein, nein, sie beschimpften ihn. Als der Größere der beiden seine Hand ausfuhr, als wäre er ein Roboter, eine Maschine, und der Mann, den er im Gesicht traf, nach hinten fiel, dachte er, da lag sein Vater, aber der Mann war viel kleiner als sein Vater. Der Große stellte seinen Fuß auf die Brust des kleinen Mannes. Er kam Ante vor wie ein Käfer, der sich nicht mehr umdrehen konnte. Ante hörte, was die Männer sagten, aber verstand es nicht. Verstand nichts mehr. Ante drehte um, er lief in die nächste Gasse hinein, er lief nachhause und war erleichtert und verwundert zugleich, dass sein Vater bereits zuhause war, das kam während der Woche eigentlich nicht vor.

Die zwei taten nicht, worauf Ante gewartet hatte, der andere schubste ihn nur. »Lass ihn aus, sofort, sonst«, jetzt blitzte in der linken Hand des anderen wirklich ein Messer, nicht besonders groß, aber dass es blitzte, erschreckte Ante, der dachte, dass sie da nicht herauskommen würden. Sie beide nicht. Sein Vater sagte etwas auf Kroatisch, das Ante nicht verstand. Ante ließ ab von dem Treter, dessen Gesicht mit einer schwarzen Sturmhaube maskiert war, machte einen Schritt, wollte sich vor seinen Vater stellen. »Ich mach dich fertig«, sagte der mit der Sturmhaube, nachdem er wieder frei war, aber er trat einen Schritt zurück, schaute Stevan an, der jetzt ganz ruhig lag, meinte aber den Sohn. »Haun wir ab.« Was war das für ein Dialekt? Berlinerisch? Ante hatte Angst. Er schaute den anderen an, der sich jetzt erst die Kapuze ins Gesicht zog, aber auf einmal rannten sie davon, rannten davon, einen Fußweg oder Fahrradweg an einem kleinen Fluss entlang. Lausitzer Neiße las Ante Tage später auf Google Maps. Den tschechischen Namen, den ihm die Polizisten genannt hatten, hatte er sich nicht gemerkt.

13

Barbara und die Theatermacherin planten ein Performance- und Modeprojekt mit Mädchen in der Brunnenpassage im Sechzehnten Bezirk. Die erste Besprechung hatte Barbaras Freundin kurzfristig abgesagt, und jetzt streifte sie zwischen den Marktständen herum, überlegte, Obst einzukaufen, aber dann müsste sie den Einkauf nachhause schleppen. Es war später Nachmittag, sie hätte gleich nachhause fahren können, aber die Kinder waren bei Jasmin. Auf einmal sprach sie von hinten ein Mann an: »What is freedom? Freedom is a part of nature!« Sie erkannte die Stimme sofort. Sein Mund war nah an ihrem Hals, ihrem Ohr, im Nacken, und es wäre ganz einfach gewesen, sich umzudrehen, sich ein bisschen zu unterhalten, vielleicht einen Çay zu trinken, dann weiterzugehen.

Als Barbara damals nach dem Konzert von Şivan Perwer mit ihm nachhause gegangen war, war sie ein anderer Mensch gewesen. Sie hatte die Nächte durchgetanzt, viele Menschen kennengelernt und einige wieder aus den Augen verloren. Mit ihrer kurdischen Kollegin Besme war sie auf Konzerte gegangen, und Vanessa begleitete sie bei ihren Streifzügen auf der Suche nach Vintagemode und auf Partys von Schauspielern und Filmleuten. Manchmal war sie mit einem befreundeten Regisseur unterwegs, und wenn dann ein Foto von ihnen in einer Society-Fotostrecke einer heimischen Illustrierten erschien, stand meistens ... *und Begleitung*, nur einmal ihr voller Name, ein anderes Mal *Austro-Model*. Dass sie Sozialarbeiterin war, wurde nie erwähnt. Sie hatte im Siebten Bezirk gewohnt, war aber in der ganzen Stadt unterwegs gewesen. Auch im Sechzehnten, in der Nähe des Brunnenmarktes, auf dem gerade die Stände mit Bergen und Haufen von Tomaten, Gurken, Paprika und Schafskäse, Oliven und Obst aufgebaut wurden, als sie und er, der deutsche Autor, im *Kent* frühstücken wollten. Sie fand ihn sehr anziehend. Sie wusste, dass er Bücher schrieb, philosophisch, gescheit, aber auch bekannt war, und wahrscheinlich ziemlich eingebildet, er trat in Talkshows auf. Er war einer, der in der Welt herumkam, also richtig, nicht einfach reiste wie alle anderen auch. Als sie ihn bei einem Konzert endlich kennenlernte, war ihr ganz egal, dass da irgendein Haken sein musste, weil es doch keine Supermänner gab, oder wenn, dann mussten sie zumindest liiert sein. Das vermutete sie auch von ihm, aber es kümmerte sie nicht. Sie wollte nicht frühstücken, sie wollte mit ihm ins Bett.

Der Autor hatte in der Brunnengasse eine leicht heruntergekommene Wohnung, die Arbeiter auf der Straße grüßten ihn. Einen Augenblick hatte sie gedacht: Aber er ist pervers. Als er kurdische Musik auflegte, schrie jemand von irgendwoher ziemlich laut: »Kesin gürültüyü!«, und Barbara sagte ihm, was es bedeutete, dass da noch jemand versuchte zu schlafen. Das große weiße Bett eine Insel inmitten unzähliger Bücherstapel. Sie hatten Sex miteinander, an mehr konnte sie sich nicht erinnern.

Manchmal tauchte sein Gesicht irgendwo auf, oder

es gab Werbung für ein neues Buch von ihm, so war das in den letzten Jahren gewesen.

Sein Lachen war das eines guten Bekannten, eines Freundes, dennoch war sie elektrisiert. Barbara erwähnte, dass sie aufs Land gezogen war, aber von ihrer Familie sprach sie nicht. Sie sagte, sie wolle noch einen Kaffee trinken oder einen Apéro, habe noch ein wenig Zeit bis zu ihrem Zug. Sie gingen nebeneinander her, berührten einander nicht, kein einziges Mal, auf der Straße nicht, nicht im Stiegenhaus, nicht in dem fensterlosen Vorzimmer. Als er die Wohnungstür aufsperrte, wusste Barbara, dass sie keinen Kaffee trinken würde oder zumindest nicht nur, und drehte doch nicht um, obwohl sie einfach wieder gehen hätte können. Wer hätte sie daran gehindert, wenn nicht sie.

Die Wohnung wirkte unverändert, heller. Hatte er auch damals keine Möbel außer einem Doppelbett? Was für ein Angeber! Sie küsste ihn. Mitten im Zimmer stand eine gepackte Reisetasche, er sagte nur: »Berlin, meistens«, als er die Tasche ein wenig auf die Seite schob. Dann lagen sie schon auf dem Bett, weiße, zerknitterte Bettwäsche, ein Nachtlicht brannte, das sah sie erst später. Zwei gierige Körper, von irgendwoher holte er ein Kondom. Als er, kurz nachdem er in sie eingedrungen war, »Meine Schöne« sagte, klang es, als würde er sie betrachten.

»Jetzt würde eine Zigarette passen, aber du rauchst auch nicht, oder?« Sie hätte am liebsten gesagt, wie scheiße sie sich fühlte, obwohl es gerade schön gewesen war, aber sie hatte das Gefühl, es passte nicht. Stattdessen murmelte sie: »Berlin also«, hoffte gleich, er würde nicht ausführlich darauf antworten.

Wie sie da lag, in seinem Arm, vollkommen falsch.

»Bekomme ich noch einen Kaffee?«

»Jaa, ich muss nur ... darf ich das noch ein bisschen in die Länge ziehen ...?«

Barbara sagte nichts, mummelte sich auch nicht weiter ein. Kurz darauf stand er auf, seufzend, als würde sie ihn aus dem Bett schmeißen: »Schwarz, Zucker? Milch habe ich keine ...«, und ging nach nebenan. Die Tür knallte, versehentlich. »Sorry.«

Sie lauschte den Geräuschen vom Markt, die Stände wurden abgebaut, verkauft wurde auch noch. Hin und wieder deutsche Sätze zwischen türkischen, Kindergeschrei, eine alte Straßenbahn war zu hören, und es klang, als würde die Straße schon gereinigt. Sie wollte sich auf dieses Draußen konzentrieren. Gleich würde sie hinuntergehen, von hier verschwinden, sie war nie da gewesen, die Straße hinunter, zur S-Bahn, heim. Das war doch gar nicht ihre Rolle?

Sie zog sich an. Im Vorzimmer der nackte Autor, der sie laut fragte, ob sie ihm denn gesagt habe, wie sie den Kaffee möchte. Erschrak, als er auf sie traf. Stutzte. »Gehst du?« Barbara nickte nur. Sie war schon bei der Tür draußen und rechnete damit, auf Besme zu treffen, auf die Theatermacherin, nein, auf irgendwen, einen Freund Antes, der alles auf der Stelle wissen würde.

Das war doch nicht sie, das war doch – sie beruhigte sich ein bisschen, den Weg zur Bahn ging sie zu Fuß, griff immer wieder in ihre Handtasche, wie eine Betrügerin, die etwas am Tatort vergessen haben könnte. Holte ihr Handy heraus, auf dem sie noch immer niemand angerufen hatte.

Sie dachte: Seinen Namen nicht in voller Länge denken, das verrät mich. Und: Ausgerechnet R.

14

In einem Haus in der Veronikagasse, nicht weit vom Brunnenmarkt, fand Ante vorübergehend eine Werkstatt. Er arbeitete zusammen mit einem Studenten, der bei *Aufderklam Audio* ein Praktikum gemacht hatte, an einem Boxensystem, bei dem die Musik direkt von USB-Stick oder Speicherkarten abgespielt würde.

Barbara wünschte sich eine kleine Wohnung in Wien, wo sie hin und wieder übernachten könnte, und dass Ante jetzt die Werkstatt hatte, empfand sie irgendwie als ungerecht. Sie hatte manchmal ein schlechtes Gewissen, weil sie nichts zum Familieneinkommen beitrug. Ante fuhr täglich nach Wien, er fuhr nach München und Ljubljana, Jasmin studierte und war im Bezirk als mobile Krankenpflegerin unterwegs, Dario ging in Wien in die Schule. René flog in der Welt herum. Nur sie kam nicht vom Fleck. Sie war immer noch überzeugt, dass es die richtige Entscheidung gewesen war, aufs Land zu ziehen, die Kinder waren glücklich, es funktionierte. Sie wollte sich nur manchmal an die andere Welt außerhalb von Kinder- und Familienalltag ankoppeln.

Vor knapp dreißig Jahren hatte Ante in Ottakring seine erste Bleibe gesucht. Es gab hier viele Substandardwohnungen, die waren billiger als jene innerhalb des Gürtels. Die Gegend um den Brunnenmarkt war noch ziemlich heruntergekommen, neben den alten Marktcafés und »Tschocherln«, Lokalen, in denen Trinker und Zuhälter verkehrten, hatte gerade das *C. I.* aufgemacht, ein links-alternatives Kaffeehaus mit Kulturprogramm und Deutschkursen. Der einzige türkische Supermarkt war noch um einiges kleiner gewesen als heute. Am Brunnenmarkt verkauften neben griechischen und vor allem türkischen Standlern auch ein paar Österreicher Obst und Gemüse. Am Telefon hielten Vermieter Ante für einen Vorarlberger, zu den Besichtigungsterminen kam dann ein junger Mann daher, der aussah wie ein Türke, aber einen kroatischen Namen hatte. »Čolak« leitet sich vom türkischen »çolak« ab, dem Wort für einen Menschen mit verkrüppeltem Arm, einer verkrüppelten Hand, aber das wussten nur die Türken, die Ante manchmal kennenlernte. Manche Wohnungen waren nur für Inländer. Es ging dann nicht darum, wofür er sich hielt und dass er einen österreichischen Pass hatte.

Ante war noch dazu Student, und er wollte sich mit den Löchern, die explizit nur Ausländern angeboten wurden, nicht zufriedengeben. Als er dem jungen Makler die 10.000 Schilling überreichte, worauf dieser ihm die Schlüssel übergab, war er sicher, eine gute Investition gemacht zu haben. Die Wohnung ging zwar auf die laute Ottakringer Straße, aber sie war im dritten Stock und hatte zwei große Zimmer, Kabinett und Klo. Er würde ein Badezimmer einbauen und eines der Zimmer vermieten, um einen Teil der Miete hereinzubekommen. Dabei war sie gar nicht so hoch. Natürlich hatte er davon gehört, dass Ablösen illegal waren, aber diese Chance wollte er sich nicht entgehen lassen.

Der Tag seiner großen Niederlage kam nach der Vertragsunterzeichnung: als er feststellte, dass er zwar das Haustor aufsperren konnte (das nicht verschlossen war), aber nicht die Wohnung. Mehr als drei Monatsmieten! Wie konnte man sich nur so hereinlegen lassen! Mit ihm, dem unbedarften Ante Čolak aus Dornbirn, konnte man das machen! Die großen Pläne, mit denen er nach Wien gekommen war, ein bisschen bei der Weltverbesserung mitmachen, es sich gut gehen lassen, so verflüchtigten sie sich …

Schließlich war er in der Veronikagasse untergekommen, schräg gegenüber von seiner jetzigen Werkstatt. Er wohnte direkt über der Einfahrt. Wenn die LKWs morgens die Garage des Transportunternehmens im Hof verließen, war er manchmal noch nicht zuhause. Er hatte die Wohnung über Freunde von Freunden bekommen, zur Untermiete. In der Küche musste man die Badewanne aus einem Kasten herausziehen und mit einem Schlauch befüllen. Die Toilette war am Gang, und er durfte seinen Namen weder auf das Klingelschild noch auf den Briefkasten schreiben. Dort hauste er ein paar Jahre, obwohl es eine Übergangslösung war wie das Geschäftslokal, in dem er nun tüftelte. Es fühlte sich gut an, etwas Neues auszuprobieren, vielleicht sogar ein Risiko einzugehen, und dann nachhause zu fahren, in ein kleines Dorf an der Donau.

Wie absurd, dass jemand, der seit Jahrzehnten in Österreich lebte, auf einmal als »Migrant«, als »Österreicher mit Migrationshintergrund« bezeichnet wurde. Früher galten sie wenigstens als Fremde, damit hatte

Ante besser leben können. Als der gebürtige Kroate Ivica Vastić bei der WM '98 gegen Chile ein Tor erzielte, titelte die *Kronen Zeitung*, dass er »jetzt ein echter Österreicher sei«.

Zur gleichen Zeit hätten sie in Frankreich Zidane am liebsten zum Präsidenten gemacht. (Aber der hatte die WM ja auch gewonnen.) Seine Heimat war der Marseiller Plattenbau, Zidane zitierte oft seinen Vater, den er verehrte. Drei Tage nach dem WM-Endspiel 2006 entschuldigte sich Zidane für den Kopfstoß gegen Materazzi. Aber dann fügte er hinzu, dass er als Familienvater seine Kinder lehre, sich nicht auf die Füße treten zu lassen. Wie viel Zugehörigkeit war überhaupt möglich, wenn man von Genie und Erfolg absah: Familie, Wurzeln, Solidarität? War nicht alles brüchig?

In der Zeit, als seine Eltern nach Österreich gekommen waren, kamen die Gastarbeiter, die als Touristen eingereist waren, in billigen Wohnungen beim Südbahnhof unter; viele, die später während der Jugoslawienkriege in den Neunzigerjahren eingereist waren, wohnten um den Brunnenmarkt herum und in der Ottakringer Straße, von der in den Medien eine Zeit lang behauptet wurde, sie sei die gefährlichste Straße Wiens.

Erst während der Europameisterschaft 2008 wurde sie zur inoffizellen, aber umso beliebteren Fanmeile. In den Auslagen der Geschäfte und Lokale standen große TV-Bildschirme, geschaut wurde von der Straße aus. Wegen der Menschenmassen sperrte die Polizei die Straße für den Verkehr. Beim ersten Spiel Österreichs zeigten Flaggen, dass Österreich zwar Gastgeberland, aber hier doch Gastmannschaft war, »gosti«, und ihr Gegner Kroatien »domaći«, zuhause.

Auch Ante hatte sich damals ein paar Spiele im Freien angeschaut. Nur wenn sie ihren Turbofolk spielten, war es Zeit für ihn, nachhause zu gehen. »Balkan« wurde damals in Wien zum Synonym für gute Partys. Ante hatte die Gegend vor der großen Flüchtlingswelle Anfang der 1990er Jahre in Richtung Wieden verlassen. Er wollte kein Alien mehr sein, kein Fremder. Er wollte ein Bürger sein in einem bürgerlichen Bezirk und war in die Schleifmühlgasse gezogen. Obwohl die wirklich Bürgerlichen gar nicht in diesem Teil, sondern auf der Oberen Wieden, in der Nähe der Botschaften und des Schlosses Belvedere wohnten, aber ihm genügte es.

Wenn er mit neu zugezogenen Kroaten oder Serben sprach, wunderte er sich über deren andere Haltung. Sie waren keine Gastarbeiter mehr, weil das Wort im allgemeinen Sprachgebrauch nicht mehr existierte. Sie waren Flüchtlinge, die nicht so genannt werden wollten, aber wie er und seine Familie blieben viele von ihnen im Land. Wie viele Jugoslawen kannte er, die hier und dort lebten, an- und abwesend waren. Als eine junge Bosnierin sagte, sie hätte den Österreichern nichts zu danken, das sei einfach ihr Leben hier, erschrak Ante und bemerkte, wie sehr ihm der Schock seines Vaters in den Knochen saß. Wie sie konnte auch er sich nicht mit allen Ausländern identifizieren, wollte nicht Exjugoslawe sein, wenn es das Land, aus dem er stammte, schon nicht mehr gab.

Der Brunnenmarkt war in den letzten Jahren renoviert worden. Am Yppenplatz hatten schicke Lokale aufgemacht, in denen man gut essen konnte. Mittlerweile wurden hier Biogemüse und Bioobst und Artischocken und Olivenöl verkauft. Die ehemalige Markthalle war heute ein Sozial-Kulturzentrum, in denen Kinder und Jugendliche mit »Migrationshintergrund« tanzten. Die Substandardwohnungen wurden renoviert, teilweise von den Mietern selbst. Die Mieten wurden teurer, das Viertel mit seinem »Balkanflair« beworben, nie mit seinem Ruf als »Little Istanbul«. Dann kamen die Dachausbauten, noch teurere Mieten, feschere Lokale, und Geschäfte verkauften Sachen, von denen die ursprünglichen Bewohner gar nicht wussten, dass man sie brauchte.

Auch seine Werkstatt würde nicht für immer da bleiben. Wenn mit der Renovierung des Hauses begonnen würde, würde er weiterziehen. Wenn aus seinem Geschäft etwas werden sollte, brauchte er mehr Platz für weniger Geld.

15

Im Jugendzentrum in der Nachbargemeinde von Maria Ellend wurde seit über einem Jahr eine Sozialarbeiterin gesucht. Als der Bürgermeister bei Barbara anrief, sagte sie zu, ohne darüber nachzudenken. Ob es nur für ein Jahr war oder kürzer oder länger, war ihr egal, auch die Arbeitszeiten und Konditionen.

Auch, dass Ante wegen seines neuen »Hobbys« noch mehr Zeit in der Stadt verbrachte. Manchmal besuchte ihn jetzt sein Vater, der sich nach dem Überfall in Liberec nur langsam erholt hatte. Wenn Stevan in der Werkstatt seines Sohnes saß und ihm bei Kleinigkeiten zur Hand ging, war er nicht mehr der jung gebliebene Arbeiter, sondern ein alter Herr, der sich für die Arbeit seines Sohnes interessierte, aber nicht mehr alles verstand. Entwicklung. Sie neigte nicht zu Eifersucht, sie sah, wie viel Spaß es ihm machte. Wenn er davon erzählte, wirkte er wie ein fröhlich-ernsthaftes Kind, und das hatte nichts mit seiner kindischen Weigerung zu tun, sie zurückzurufen, weil er es nicht mochte, wenn sich immer alle Orte miteinander vermischten, wie er sagte. Er hatte immer wieder darüber lamentiert, dass er in Geschäftsfragen so feig sei, dabei konnte er sich eigentlich nicht beschweren, weder über seine Position noch das Gehalt. Dass er jetzt etwas Neues anfangen wollte, das gefiel Barbara, die von seinen Geschäften keine Ahnung haben wollte.

»Aber du willst doch nicht wieder als Streetworkerin arbeiten? Hast du nicht gesagt, Streetwork und Familie zusammen geht nicht?«

»Es ist ein Jugendtreff, nicht so viele Stunden und, ja, sicher, ich muss mich mit Jasmin abstimmen.« Barbara schaute Ante an, der ihr zuhörte, sonst nichts, »und auch mit dir?«

Barbara hatte die Karenz voll ausgeschöpft, weil sie diejenige sein wollte, die die Entwicklungsschritte ihrer Kinder als Erste mitbekam. Während ihre Schwester als mobile Krankenschwester arbeitete, die Ausbildung zur Fachärztin machte, Dario und Esther zu ihren verschiedenen sportlichen und musikalischen Aktivitäten chauffierte und sich auch noch im Elternverein engagierte, hatte Barbara Schwierigkeiten, ihre Kinder rechtzeitig in den Kindergarten zu bringen oder pünktlich zum Treffen mit einer Freundin zu erscheinen. Aber das sollte sich jetzt ändern.

Barbara erzählte Ante von dem Haus, wo der Jugendtreff untergebracht war, »du kennst doch diese Wandziegel, die in den Siebzigern überall angebracht worden sind«, und: »Ein Riesenschaufenster gibt es, teilweise verdeckt von einem großen Schild: *Gib den Drogen keine Chance.* Ein bisschen kleiner darunter: *Eine Initiative des Everest Teams.* War nämlich früher eine Disko.« Ante kannte das Haus, die *Disco Everest* gab es schon lange nicht mehr. Vom ersten Everest-Team, hervorgegangen aus einer Jugendinitiative in den Neunzigerjahren, war längst niemand mehr übrig. Die Jugendlichen von damals lebten heute in Wien oder hatten Einfamilienhäuser gebaut, nachdem sie zurückgekommen waren, und sich auf die verschiedenen Parteien im Gemeinderat aufgeteilt. Vor kurzem waren Ante die prallen, knallroten Ahornbäume vor dem Haus aufgefallen, keine alten Bäume, aber derart im Saft, dass er Barbara davon erzählt hatte.

Sie standen in der Küche, tranken Espresso. Alle waren außer Haus, auch von oben kein Laut. Sie hätten noch einmal zusammen ins Bett gehen können, aber das taten sie nicht, kamen nicht einmal auf die Idee.

»Ich wollte dir noch etwas sagen…«, jetzt klang Ante nach schlechtem Gewissen.

Barbara erschrak, zog die Augenbraue hoch, zuerst sagte sie nichts, dann: »Was kommt jetzt… du machst mir Angst!«

Ante schaute zum Fenster hinaus, Barbara blickte knapp an seinem Gesicht vorbei. Nicht daran denken, es war vorbei. Es war nichts. Es wäre leichter, wenn er es einfach aussprechen würde, aber so war Ante nicht. Wenn er etwas wusste, dann behielt er es für sich. So lange bis – wollte er sie quälen? Und war das nicht sein Recht? Barbara schaute ihm in die Augen. Hatte sich etwas verändert zwischen ihnen? Außer dass sie aufmerksamer war, wenn er da war. Sex war schwierig, wenn abends so viel vom Tag übrig war und man sich nur mäßig auf den nächsten freute. Meistens hechelte sie dem, was zu erledigen war, hinterher. Sie, die sich doch immer als Partygirl, als spätes Hippiekind gesehen hatte, die durchs Leben getanzt war.

Vor kurzem war ihr plötzlich ein Satz ihrer Mutter eingefallen. »Vielleicht hätte ich doch ins Kloster gehen sollen.« Sie wusste nicht mehr, ob sie sich den Satz eingebildet, falsch verstanden oder falsch interpretiert hatte. Es muss ewig her sein, dass er gefallen war. Immer wenn sie daran dachte, fuhr er in sie wie ein großer, schwerer Schock. Alles tat ihr leid. Auch ihre Mutter, natürlich. Sie brauchte wieder mehr Spaß in ihrem Leben. Sie war doch froh, dass Ante der Vater ihrer Kinder war.

»Es ist so viel schöner, das heißt, eigentlich, du bist so viel entspannter, wenn du nicht permanent am Handy bist. Ich glaube, die Kinder genießen das auch …«

Sollte sie sich gekränkt fühlen, gemaßregelt? Für ihre Kinder waren Computer- und Handyspiele tabu. Sie war stolz darauf, dass sie noch nicht eingeknickt war wie die meisten Eltern, die sie kannte. Wie einfach wäre es, am Wochenende einfach auszuschlafen, wenn man den Kleinen am Abend davor eine Spur aus Gummibären zum Gameboy legen würde. Aber nein, sie nicht.

Ante hatte recht. »Ich habe mir ein Sabbatical genommen, ein digitales Sabbatical.« Sie zeigte ihm ihren Account, das letzte Posting war drei Wochen alt. »Jasmin kauft nicht mehr ein. Ich poste nicht mehr.«

Jetzt schaute Ante sie an, als würde er die Augenbrauen hochziehen. »Es gibt auch wirklich von allem genug. Im Garten und in ihrer Wohnung, im Keller … hier.« Manchmal ließ Jasmin ihren Blick über die Möbel und Accessoires streifen, die Freude darüber war ihr anzusehen. Ante und René hatten gespottet, dass sie selbst einen Antiquitätenladen aufmachen könnten. Jasmin kaufte nun schon seit einer Weile nichts mehr ein. Wenn noch hin und wieder ein Päckchen kam, waren darin wohl Kleidung oder Sportschuhe für die Kinder.

Barbara war häufig online gewesen, das stimmte. Nach dem Hochladen eines Bildes wollte sie immer wissen, ob es gefiel, wie viele Kommentare es bekam, ob es geteilt wurde und so weiter. Wenn sie die Kamera in der Hand hielt, dachte sie bereits darüber nach, ob etwas ankommen würde, wie sie etwas Gelungenes noch einmal, besser umsetzen könnte. Wusste sie einmal, wie ein Problem zu lösen war, konnte sie eine Reihe solcher Fotos machen oder eben etwas Neues ausprobieren. Die Veröffentlichung und die ganzen direkten Reaktionen darauf hatten ihren Blick verändert.

Ante scrollte durch ihre Fotos, die er alle nicht kannte, die allerwenigsten. Er musste lachen, er hatte nicht gewusst, dass es so viele waren. Hätte schon früher herausfinden können, was sie da trieb, aber er wollte ihren Wunsch nach einer Sache, die nur ihr gehörte, respektieren. Vielleicht hatte er auch Sorge, dass sie ihn und die Kinder benutzte. (Was nicht stimmte; in dem Fall hätte er wohl früher, viel früher nachgeschaut.) »Na, wenigstens bin ich nicht drauf!?« Ante las auch Kommentare. Barbara wollte nicht danebenstehen und ging hinaus. »Melde mich wieder ab, wenn du genug hast.«

Natürlich kannte er die Bilder, die sie von den Kindern machte, vom Haus, von den Kindern ihrer Schwester, von ihnen allen im Garten, im Freien. Wenn Freunde da waren, fotografierte sie auch die, aber davon war hier nichts zu sehen. Auch keine Urlaubsfotos. Das hier war anders als viele Bilder im Netz, die ständig die totale Verfügbarkeit der Welt suggerierten. Das hier war privat, sehr persönlich, dabei erkannte man die Kinder eigentlich nie. Die Fotos hatten ihn immer bezaubert, aber es waren Schnappschüsse, auch wenn Ante wusste, dass Barbara eine gute Fotografin war. Es gab Kisten mit Schwarzweiß- und Farbfotos, Disketten und Festplatten. An der Wand über ihrem Schreibtisch im Schlafzimmer hing schon lange ein kleines, altes Foto: Barbara sitzt auf dem Fußboden in einem kahlen Zimmer, auf der einen Seite eine erbärmliche Zimmerpflanze, auf der anderen ein Bett, angeschnitten, zerwühlt; sie trägt nur eine Unterhose, sie sieht aus wie ein zu groß gewachsenes Mädchen, dabei ist sie eine sehr junge Frau; auf der Rückseite steht: *Aus Paris abgerauscht, für mein erstes Shooting. Sie behandeln mich wie den letzten Dreck. Ich fühle mich superlässig und shitty zugleich. Keine Ahnung, wie es weitergehen wird, ob es jetzt losgeht, und das ist: groß. [London, 03/95]* Das Bild rührte ihn sehr und stimmte ihn auch fröhlich, obwohl es dafür wahrscheinlich keinen Grund gab. Wie er diese Frau, die sie geworden war, liebte! Mit all ihren Gewohnheiten, auch denen, die ihn krank machten, ihrem Eigenwillen, wie sie sich in der Welt sah. Immer noch steckte dieses kleine zerbrechliche Mädchen in ihr, das sich der Welt so aussetzte, als sei Schmerz unausweichlich. Shitty und lässig zugleich. Er wollte sie immer beschützen, aber vielleicht war das gar nicht möglich.

Ante blieb noch eine Weile vor dem Laptop sitzen, klickte sich durch ihre Fotos, schaute aus dem Küchenfenster in den Garten. Einmal tauchte Barbaras Kopf vor dem Fenster auf, ihre Blicke trafen sich, ganz kurz. Dann stand sie wieder in der Küchentür. »Du hast das aber schon mitbekommen, dass ich da anfange? Das ist fix, ja?« Ante blickte sich um. »Ja, sicher«, sie war schon wieder draußen. Er hatte ihren Blick nicht noch einmal aufgefangen. Das letzte Foto gefiel 412 Mal. @CocoRostie hatte es als Letzter kommentiert: *Barbie, don't leave us alone, I ♥ You*, sieben Rufzeichen.

Das Südufer der Donau war in ihrem Abschnitt durch eine natürliche Geländestufe geschützt, in Maria Ellend und den Nachbarorten standen ein paar Fischerhütten unter Wasser, ansonsten waren sie verschont geblieben. Die allgemeine Lage rundherum war beinahe so drastisch wie beim Jahrhunderthochwasser 2002. Auch kleinere Flüsse und Bäche waren betroffen. Die Unerschrockenheit der Menschen, die doch wussten, wie es ausschauen würde, wenn das Wasser wieder weg war und der Schlamm zurückblieb, beeindruckte Barbara sehr. In diesen Tagen lief ihnen eine Katze zu, ein kleines struppiges Tier, das verschüchtert schien, aber doch bei ihnen blieb. Die Kinder waren davon überzeugt, dass sie gerade so überlebt habe. Auf ihre Aushänge im Ort und in der Siedlung auf der anderen Straßenseite reagierte niemand. Im Kindergarten und der Schule wusste keiner, wem sie gehören könnte. Sie behielten sie.

Jasmin war vor die Herausforderung gestellt, ihre Patienten trotz teilweise gesperrter Straßen zu erreichen. Noch stieg der Wasserstand. Die Nachrichten aus den anderen Bundesländern waren noch verheerender.

Barbara befüllte mit Jugendlichen aus dem Jugendtreff Sandsäcke. Sie durften der Feuerwehr nur da helfen, wo es für sie ungefährlich war. Als in der Nähe von Wildungsmauer ihr altes Auto abstarb und sich nicht mehr starten ließ, hatte sie zwei Jugendliche im Auto, Marie und Said. Sie musste John und Mia abholen, in einer Viertelstunde würde der Kindergarten schließen, eigentlich war sie schon zu spät. Bus gab es keinen um die Zeit. Alle drei telefonierten, erreichten niemand. Vielleicht könnten die Kinder mit anderen nachhause gehen? Barbara war ziemlich aufgelöst. Sie hatte enormen Respekt vor den Kindergärtnerinnen, vor der ganzen Institution, das wurde ihr erst während des Telefonats bewusst. Aber Monika beruhigte sie, das war doch ein Notfall, kein Problem.

Ein Gemeindeangestellter von Hainburg war wenig später bei ihnen und nahm sie mit. Kurz nachdem die Fahrt begonnen hatte, war sie auch schon wieder vorbei, ließ ihn ein Anruf umkehren, zu einem abgelegenen Grundstück direkt an der Donau. Es war, wie sich herausstellte, das Gartenhäuschen seiner Familie. Seine Mutter, eine sehr alte Frau, berichtete ausführlich, dass sie auf einmal ein Reh im Wasser gesehen habe, dass das Tier ein gutes Stück geschwommen sei, aber nicht ans Ufer, sondern auf eine Insel aus Schwemmgut. Der Sohn schimpfte mit seiner Mutter, die sich unnötig in Gefahr bringe, gleichzeitig gab er Barbara eine Fischerhose zum Überziehen und marschierte über das Grundstück, das kniehoch unter Wasser stand. Mitten im Fluss hing ein Brett oder eine Tür über und über mit Schwemmgut beladen an einem aus dem Wasser ragenden Ast. Es war erstaunlich, dass es das Reh trug. Verschreckt stand das Tier darauf, reglos. Der Gemeindebedienstete holte das Boot aus dem

Schuppen. Barbara und Said sollten es wieder ans Ufer ziehen, sobald der Retter das Reh zu halten bekäme. Mit dem Ruder manövrierte er das Boot zur Insel. Würde sie halten? Er griff nach dem Reh, und in dem Moment, als er es zu fassen bekam, löste sich das Floß und trieb langsam davon, verlor einiges von seinem Schwemmgut. Das Boot mit Retter und Tier schaukelte ein bisschen, dann zogen Barbara und Said es zum nahen Ufer zurück. Noch im knietiefen Wasser ließ der Gemeindebedienstete das Reh aus, es torkelte ein paar Schritte und sprang in Richtung Wald davon. Sie waren aufgeregt, als hätten sie ein Menschenleben gerettet, die Stimmung war auf einmal euphorisch. Die alte Mutter bot allen Schnaps an, was ihr Sohn lachend und schimpfend ablehnte. Dann brachte er zuerst sie und die beiden Jugendlichen nachhause und dann Barbara zu ihren Kindern.

Im Kindergarten war außer Mia und John und Monika noch ein Bub, der mit John nachhause gehen sollte. Seine Mutter und Barbara hatten es in der Früh ausgemacht. Sie hatte nicht mehr daran gedacht, und die Kindergärtnerin erfuhr es erst jetzt. Barbara wusste sofort, dass sie nun ein bisschen mehr dazugehörte als noch vor einer Woche.

Abends sah sie sich mit den Kindern immer und immer wieder die Rettungsaktion an, die Marie aus dem Jugendzentrum gefilmt und auf ihre Facebookseite gestellt hatte. Das Wasser in der Wiese, ein Schwenk über den braunen Fluss und zwischen Ästen und Baumstämmen das Reh. Es schaute nicht in die Kamera. Dann kam der Mann im Boot ins Bild, er stand aufrecht, hatte einen sicheren Stand. Unter der

Latzhose aus Gummi trug er ein weißes Hemd. Kurz waren am Ende des Seils Barbara und Said zu sehen, dann schwenkte die Handykamera zurück, gerade noch rechtzeitig, als der Mann im Boot das Tier umfasste. Das Reh duckte sich, blickte um sich, dann hatte er es vor dem Bauch und sagte: »Jetzt retour.« Fast riss es ihm die Beine weg, aber nur für einen Moment. Das Video war geschnitten. Das Reh sprang davon. Marie lachte in die Kamera.

In ihrem Ort gab es inmitten eines großen Parks eine Lourdesgrotte, die ein wenig bekannter christlicher Orden betreute. Inmitten von Föhren, Buchen und Ahornbäumen standen eine Arme-Seelen-Kapelle, eine Antoniuskapelle und eine Christkönigstatue. Es gab eine Statue des Padre Pio und einen Schutzengel, der den Kindern geweiht war. Manchmal kam Barbara mit Mia und John vorbei, sie schauten sich die Opfergaben, kleine Bilder und Fotos, Statuetten, Teddybären und Puppen, Plastikblumen und Rosenkränze, an. Lasen die Dankesbriefe, die manche Pilger in Bilderrahmen hinter Glas oder sogar auf Holz hinterließen. Bei Wallfahrten waren die Holzbänke gut gefüllt, und hin und wieder demolierten Jugendliche Fensterscheiben und randalierten ein bisschen.

Niemand von ihnen ging zur Kirche, Mia und John waren nicht getauft, was bei Schuleintritt Mias zu Unstimmigkeiten führte, da sie eine der wenigen war, die den Religionsunterricht nicht besuchte. Dennoch gefiel ihnen die Geschichte von der Muttergottes, die sich genau diesen Ort zur Rettung ausgesucht hatte, genau hier an Land gegangen war, wie es die Sage der

Ortsgründung wollte. Aus *Maria Anland* wurde Maria Ellend, hier lebten sie gern und längst ganz selbstverständlich. Wenn ihnen etwas Gutes passierte, fiel es den Kindern mitunter ein, sich hier, an diesem Ort zu bedanken. So pilgerten sie auch nach dem Hochwasser in den Park, wo sie auf eine Krankenwallfahrt stießen, die sich gerade auflöste. Rollstuhlfahrerinnen, Menschen mit Krücken, viele alte Leute strömten gerade ihren Autos zu, auch ein paar Kleinbusse standen auf dem weitläufigen Parkplatz.

Die Au war für sie alle ihr erweiteter Garten geworden, in dem sie Spaziergänge unternahmen, Ausflüge mit dem Fahrrad oder mit den neuen Kanus. Wenn Ante mit den Kindern unterwegs war, erzählte er ihnen von Hainburg und Stopfenreuth und Wackersdorf. Er war ein wenig stolz und ziemlich glücklich. Zuhause?

Als das Hochwasser fast ganz zurückgegangen war, weihte René seinen Quadrocopter mit Kamera ein. Auch diese Filme schauten sie alle gemeinsam, aber die Kinder fanden sie nicht so interessant. Tiere kamen keine mehr vor.

16

Barbaras Kinder hatten sich zuerst vehement aufgeregt, wenn sie von Renés Mutter mitbetreut wurden oder Ante sie vom Kindergarten abholte (was höchstens einmal in der Woche der Fall war). Alle entwickelten nach Anfangsschwierigkeiten recht schnell eine Routine. Es dauerte, bis sich Barbara damit abgefunden hatte, dass das Familienleben auch ohne ihr Hundertprozentopfer funktionierte.

Das Jugendzentrum hatte von Dienstag bis Samstag geöffnet, drei Stunden am Nachmittag. Barbara spielte gerne die soziale Feuerwehr, alle durften sie anrufen, wenn sie ein Problem hatten, auch am Wochenende. Die Grenzen verschwammen mehr als früher im Fliesenlager. Sie war wieder in ihrem Element und hatte nur selten ein schlechtes Gewissen wegen Mia und John.

In den Ferien war das Programm umfangreicher. Barbara lud zwei Hip-Hop-Tänzerinnen ein, und es gab einen Gitarrenworkshop. Manches konnte man ab dem neuen Schuljahr im allgemeinen Programm anbieten, Barbara würde mit ihrem Arbeitgeber, der Gemeinde, verhandeln müssen.

An diesem Montag war Klettern angesagt, mit Hannis Vater, der die Ausrüstung für die acht Jugendlichen und Barbara besorgt hatte und sie führen würde. Hanni wollte ab Herbst Sozialpädagogik studieren und absolvierte ein Praktikum bei Barbara. Ein paar protestierten, als sich herausstellte, dass sie nicht in der Wand klettern würden, sondern über einen Klettersteig. »Babyisch, Kinder gehen da rauf«, sagte jemand, was wiederum zwei andere eher zu beruhigen schien. Wandern war nicht cool, einerseits, aber sie waren hier als Gruppe unterwegs. Höhepunkte waren ihnen angekündigt worden, und dass sie sich anseilen würden müssen, war dann doch beruhigend, so oder so.

Zuerst hatten sie einen Fußmarsch zu absolvieren, das mochte eigentlich keiner, und Hanni erzählte wie eine Erwachsene, welche Mittel und Tricks ihre Eltern früher angewandt hatten, um sie und ihren Bruder zum Weitergehen zu bewegen. Ihr Vater hielt sich im Hintergrund. Beim Wegweiser *Hanselsteig* erzählte Barbara davon, dass sie schon seit sieben Jahren mit ihrem Freund zusammen sei. »Stellt euch mal vor, sieben! So alt bin ich schon, Wahnsinn!« Der schmale Pfad wurde immer steiler, und Nachfragen verstummten ebenso wie Gespräche überhaupt. »Da müssen wir rauf?!« Bei der Einstiegsrampe mussten sich alle einhängen. Lina, die als Zweite hinaufgestiegn war, drehte sich zu ihnen nach unten, Barbara nahm ihren Blick auf: Linas Gesicht war rot und mit Flecken übersät, sie hatte Angst. Barbara konnte nur sagen: »Schau einfach nach oben, ist nicht schlimm, dir kann nichts passieren.« Das Mädchen drehte sich wieder um, nach ein paar Minuten stieg sie hinauf. Der Bursche hinter ihr war ruhig und konzentriert, sagte dann leise etwas zu Lina, das ihr vielleicht half. Das war Tom, ernsthaft und hilfreich und beflissen, noch nicht lange in der Runde. Hanni als Letzte machte alles wie die Jugendlichen, natürlich, obwohl sie hier wahrscheinlich als kleines Kind am kurzen Seil hing.

Schon spektakulär, konzentriertes Schweigen und ein paar vorsichtige Scherze, dann kamen sie zur Aussichtsplattform. Einer von den Burschen meinte: »Also, ich spür schon ein Prickeln«, und als Hannis Vater erklärte, dass es jetzt erst richtig losgehe, Schlüsselstelle Kamin, und er sich in den Vorstieg begebe, damit er ihnen beim kritischen Übertritt vom Ende der Kaminleiter in den Fels helfen könne, schluckten ein paar. »Hier müsst ihr wirklich klettern, ohne Seil.« Barbara war noch besorgt um Lina, aber die schaute überhaupt nicht mehr zu ihr hin, und Barbara wollte auch nicht extra nachfragen, sie an ihren Schiss von vorhin erinnern.

Sicher war die Arbeit anders, das sagte sie denen, die sie nach Unterschieden fragten. Es lag aber weniger an Stadt- oder Landkindern als daran, dass die Jugendlichen zu ihr ins Jugendzentrum kamen, dass nicht sie sich auf den Weg machte. Abholen musste sie sie in jedem Fall.

Alle stellten sich geschickt an, Hanni war stolz auf sie. Ein paar Schritte im Fels. Sie ließen sich Zeit oder zeigten, dass sie sich, aus Rücksicht auf die vor ihnen, Zeit ließen. Barbara dachte an die Wanderungen mit den Eltern. Richtig geklettert waren sie eigentlich nie. Wenn sie alle zusammen unterwegs waren, waren sie manchmal zu acht oder neunt, eine richtige, gar nicht mehr so kleine Wandergruppe. Wenn ein neues Pflegekind mit war, hatte der Ausflug auch immer etwas Pädagogisches. Die Eltern redeten von der frischen Luft und der guten Aussicht und hofften, dem Kind

Normalität vermitteln zu können. In Barbaras Erinnerung war nur Pflichterfüllung, wenn sie daran dachte. Aber war es nicht auch schön gewesen? Jetzt genoss sie den Ausflug.

Alle Jugendlichen waren groß genug, um sich selbst am Klettersteig sichern zu können, so dass Hannis Vater das Sicherungsseil dann doch nicht benötigte. Die einen genossen den Blick in die Tiefe, andere vermieden ihn. Als sie schließlich über die Holzbrücke marschierten und volle Aussicht hatten, waren doch alle Erstbesteiger beeindruckt.

Über die Hohe-Wand-Straße zum Skywalk.

Zwei betraten die Aussichtsplattform nicht oder nur bis dahin, wo fester Boden unter ihnen war. Wie weit ging es hier hinunter, hundert, hundertzwanzig Meter? Beinahe senkrecht. Tom legte sich bäuchlings aufs Gittergerüst, streckte die Arme aus, Flügelschläge. Jemand erwähnte die Skywalks aus Glas in China, das sei »Nervenkitzel pur«. »Nein«, Tom jetzt wieder, »das muss purer *Genuss* sein«. Barbara dachte an den Vulkan Mihara, von dem sich schon hunderte Menschen herabgestürzt hatten, an den Mailänder Dom, an die Golden Gate Bridge. Todesspringer glaubten an eine Transformation, daran, dass etwas passiert, nachdem sie den Absprung geschafft hatten. Die Zeit steht still. Als würden sie sauber an der Wasseroberfläche aufschlagen können oder diese durchstoßen wie Turmspringer.

Sie waren am Gipfel, und die Jugendlichen redeten von Akrophobie, Höhenangst. »Ich habe keine Höhenangst, aber Angst davor …« Lina sprach den Satz nicht zu Ende, aber Barbara hatte ihn gehört. Die anderen reagierten nicht darauf. Es hätte Barbara gewundert, wenn unter einem Dutzend Menschen kein einziger gewesen wäre, der ihre Angst zu springen, nicht geteilt hätte.

Lina traute sich bis draußen, längst keine Flecken mehr im Gesicht, aber Barbara glaubte ihr anzusehen, wie sie an ihrem Mut arbeitete.

Die meisten gingen mit ihr und Hanni die Bergstraße hinunter, eine kleine Gruppe wollte mit Hannis Vater noch den Leitersteig absolvieren. Ein Jugendlicher hatte sein Handy verloren, er war sicher, dass er es in seiner Kappe an eine der Zaunlatten beim Skywalk gehängt hatte, aber die Kappe hatte er jetzt auf dem Kopf. Barbara ging mit ihm zurück. Sie redeten darüber, dass es unmittelbar nach dem Zaun steil bergab ging, und Barbara fragte, ob das ein guter Platz sei, ein teures elektronisches Gerät zu deponieren. Sie bestand darauf, dass sie auch den Weg dahin genau absuchten, vielleicht war es ihm ja doch unterwegs aus der Hand oder Hosentasche gerutscht. Dann ging sie ein zweites Mal an diesem Tag auf den Skywalk zu.

Es würde mit einem Mal alles weg, alles aus sein: ihre geliebten Kinder, ihre Liebe; Johns Lachen, wie er zum ersten Mal und ohne dass jemand an seiner Seite war mit dem Fahrrad die Strecke bis zu den Bäumen vorne an der Straße absolviert hatte, sein Blick dann; die weiche Haut an Mias Wange, mit der sie sich an sie schmiegte und sagte: »Ich habe so viel Liebe für dich Mama«; Liebe, Ante, die Liebe zu ihm, seine, unsere Liebe; die Möglichkeit, einmal wieder mehr zu arbeiten, mit diesen Jugendlichen, die diese Aufmerksamkeit so verdienten; das hohe Gras hinter dem Haus; Jasmin, die Dario zurechtwies, weil er über den Boden seines Kinderzimmers rumpelte, er spielte ja Fußball da oben, und ihn dann wahrscheinlich in den Arm nahm; Jasmin und sie auf der Stiege sitzend, und im Haus war es still, obwohl alle da waren; das Haus und die Freiheit, die sie dadurch hatte, die auch eine Beschwernis war, aus vorbei. Lauf jetzt, los, du musst schnell sein, du musst ganz schnell losrennen und darauf hoffen, dass der Bursche an deiner Seite vor Überraschung nichts kapiert, dir nicht folgt, dich nicht zurückhält. Du musst rennen, und dann spring Barbie, spring doch in die ganze totale freie Luft!

Es fühlte sich richtig an. Vorhin hatte sie das Gefühl nicht gehabt, und schon in dem Moment, als sie an vorhin dachte, wusste sie, dass es vorbei war, überstanden. Niemand war auf dem Skywalk, niemand wäre da gewesen und hätte sie gestört oder behindert oder aufgehalten, sie hätte über das Geländer springen können und wäre frei gewesen.

Dachte an den Ausflug mit Didier an die irische Küste. Wie sie sich da hinunterschweben sah. So viel Angst und Glück zugleich. Barbara bebte, sie hatte das Gefühl, viel zu viel Luft in der Lunge zu haben und dass sie die ganze Luft nicht mehr aus sich herausbekäme. Wann würde sie es tun? Würde sie einmal springen?

Der Junge war ein Stück vorausgelaufen. Beim Holzzaun standen zwei Frauen, waren sie vorhin auch da gewesen? Hatte Barbara sie nicht gesehen, weil sie sie nicht sehen wollte, oder übersehen, weil sie weggetreten war für einen Moment? »Ist das deins?«, fragte eine der beiden. Barbara hörte, wie er sich bedankte und sich sofort in das Gerät vertiefte, das er eine Viertelstunde nicht bei sich gehabt hatte.

Sie hätte sich am liebsten flach auf den Boden gelegt, nicht wie Tom auf den Skywalk, mit Blick in die Tiefe, sondern auf die Erde, in die warme Wiese. Sie versuchte zu atmen, zu atmen, dann spürte sie eine Träne ihre Wange hinunterlaufen. Warum jetzt auf einmal, was ist denn mit mir? Was fehlt mir denn, was habe ich zu viel?

Den restlichen Nachmittag war sie abwesend, aber die Gedanken in ihrem Kopf wollte sie auch nicht haben. Hanni fragte sie mehrmals, was denn mit ihr sei, ob es ihr nicht gut gehe, ob sie Höhenangst habe oder Hunger oder ob sie krank werde. Es tat ihr leid, dass sie der fröhlichen Hanni den halben Nachmittag verdarb, aber sie ging ihr wahnsinnig auf die Nerven. Barbara tat sich leid, sie wollte ihre Ruhe haben. Als sich Hannis Vater von ihr verabschiedete und ausführlich erwähnte, wie sehr sich alle im Ort darüber freuten, dass der Jugendtreff so aufgeblüht sei, seitdem sie dabei sei, weil sie so viel Verständnis habe für die jungen Leute und so engagiert sei, ein Mensch mit einem großen Herzen, da lächelte sie nur, lächelte, lächelte, und sagte dann: »Klettersteig war aber Hannis Idee. Und du hast uns super geführt, danke dir!«

17

Barbara und John überquerten die Bundesstraße und marschierten auf die Siedlungshäuser zu. Gerade hatte es leicht zu schneien begonnen, obwohl es nicht sehr kalt war. Hin und wieder ein kleine Schneeflocke, was den Vierjährigen so beglückte, dass er jubelte und immer wieder losrannte. Sie holten Mia von einem Geburtstagsfest ab, und Barbara hoffte ein bisschen, dass nicht alle (Mütter) bei Sekt zusammensaßen und sich das Ganze noch ziehen würde. Sie kannte die Eltern von Constance nicht, doch, die Mutter, vom Abholen wahrscheinlich, das war noch im Kindergarten gewesen. Damals waren die Mädchen in derselben Gruppe, aber befreundet waren sie erst seit kurzem, kam ihr vor. Weil Mia eine Zugezogene war und sich erst bewähren hatte müssen? Barbara schüttelte über ihren Gedanken den Kopf. Mia konnte sich an ihr Leben in Wien nicht wirklich erinnern. Nur mithilfe von Fotografien, die sie immer wieder anschauen wollte, erhielt sie eine künstliche Erinnerung daran am Leben. War sie das nicht immer, künstlich?

John wollte eine Antwort auf seine Frage. »Mama!!«

»Also Schneemann bauen können wir erst, wenn … da muss es noch viel schneien.«

John war aber nicht zu enttäuschen: »Yeah! Schneemann!« Und dann fragte er: »Morgen?«

»Ich weiß es nicht, mein Großer.«

Er jagte einzelnen Flocken hinterher oder entgegen, sie waren schon in der Siedlung mit den bunten Häusern. »Weißt du, in welchem Haus die Coco wohnt, Johnny?«

»Die Coco wohnt im gelben Haus!«, rannte gleich hin.

»Hier wohnt die Coco mit ihrer kleinen Schwester?«

»Wer?« John schaute sie an, als hätte er überhaupt keine Ahnung, wovon sie redete.

»Ich weiß nicht, wie die kleine Schwester heißt, aber die ist doch in deiner Kindergartengruppe, oder?«

»Von wem die Schwester?«

»Okay, du weißt gar nicht, wer die Coco ist, die Constance, stimmt's?«

John lachte und rannte weiter. Barbara war davon ausgegangen, dass es das gelbe oder das blaue Haus sein müsste. Nach dem blauen kam das einzige Haus in der Siedlung, das relativ neu und sehr modern war, gar nicht bunt, also musste es das sein. Immer gab es jemanden, der modern mit Anführungszeichen aussprach, wenn es hieß: »Sie wohnen in einem modernen Haus.« Holz und Beton und direkt dahinter ein kleines altes Haus, als wäre der moderne Bau aus diesem Winzling herausgekrochen und dann erst gewachsen.

Durch das große Fenster sahen sie Kinder und ein paar Erwachsene.

Es gab bunte Luftballons, von denen hin und wieder einer platzte, was dann jedes Mal von Schreien begleitet war. Goldene Konfetti, Prosecco für die Großen und Pizza für alle, bestimmt selbstgemacht. Fröhliches Treiben. Das Geburtstagskind trug ein Prinzessinnenkleid und eine Krone. Mia gab beim Anblick ihrer Mutter sofort mit einem finsteren Blick zu verstehen, dass sie jetzt keinesfalls gehen wolle, und lächelte selig, als Barbara sagte, sie würden noch ein wenig bleiben, sie hatte schon ein Sektglas in der Hand. John gesellte sich zu der kleinen Schwester des Geburtskindes, die sich über ihn zu freuen schien, obwohl noch andere Mädchen ihres Alters da waren.

Constances Mutter war nett, ein bisschen aufgedreht, und wusste genug über Barbara und ihre Leute, dass sie gleich in ein Gespräch kippen konnten, das ihre Rolle als Zugereiste im örtlichen System einordnete, es war alles bestens. Während sie sich mit den anderen Müttern in einer großen Runde unterhielt, schaute Barbara durchs Fenster zu, wie die Dämmerung hereinbrach, dann tat sie plötzlich so, als würde ihr Telefon läuten. Sie wollte Ante eine SMS schreiben (*hol mich hier raus!*), ging aber vorher noch auf Twitter.

hätten wir die 80er und ich nachher aufn opernball, ok, aber das hier?

Hans konnte es nicht fassen, dass Ante die geborstene Scheibe fotografiert hatte und das Foto mit so einem Spruch twitterte. Aber Ante sagte nur: »Sind nur siebzig Zeichen. Hast du auch noch was für die Welt außerhalb des Ersten Bezirks?« Als kurz darauf Antes Telefon läutete, drückte er es weg. Hans fand ihn unglaublich. Soeben war eine Flasche gegen die Auslage geknallt, dann noch eine, eine gespenstische Situation, einer der Kellner war zur Tür gesprungen, um sie zu versperren. Alle, die getrunken, gelacht und sich unterhalten hatten, starrten noch eine Weile auf die gesplitterte Auslage. Draußen war jetzt niemand mehr. Ja, mein Gott, wo waren sie denn gelandet, was war das hier? Auf dem Herweg hatte Hans noch gewitzelt, Ivan möge den Schal nicht zu weit ins Gesicht ziehen, der wusste aber über das Vermummungsverbot längst Bescheid. Es war in allen Netzwerken Thema gewesen, alle Journalistenkollegen hatten eine Meinung dazu (*borge mir den Hoodie von meinem Sohn* und so weiter), und fragte nun doch ernsthaft, ob sie nicht besser woanders hingehen sollten. Hans und Ante beruhigten ihn, sie seien in Wien, hier würde nicht so heiß gegessen …

Ivan war Amerikaner mit russischen Wurzeln und Herausgeber eines Audiomagazins. Er hatte ihnen auf seinem Kurzbesuch in Wien eine Urkunde mitgebracht, *Aufderklam Audio* hatte für das neue Carbonmodell einen renommierten Preis in St. Petersburg bekommen. Ante hatte zu ihm gesagt: »Man sieht nur deshalb die Dollars durch Hans' Augen rattern, weil wir beide nicht wissen, wie Rubelzeichen ausschauen, stimmt's, Hans?« Natürlich dachte Hans auch an Verkaufszahlen, als Ivan ihnen die gute Nachricht überbrachte. Preise waren in den letzten Jahren keine Seltenheit gewesen, er wusste um die Auswirkung von positiver Publicity. Ivan kannte Hans schon, seit er zum ersten Mal über seine Plattenspieler berichtet hatte. Der Amerikaner liebte die Innenstadt und ihre Lokale, sie wollten mit ihm noch auf ein Glas Schampus (obwohl sie Bier tranken).

Als es draußen auf einmal laut geworden war, bemerkte Ante, dass er die Zeit übersehen hatte, denn natürlich hatten auch sie von der großräumigen Sperre der Innenstadt wegen der Anti-WKR-Ball-Demo gewusst. Er hätte schon längst auf dem Heimweg sein wollen … da knallte es, ein Aufschrei, die Gäste wichen nach hinten zurück, aber er machte ein Foto, vielleicht nur, weil er das Handy gerade in der Hand hatte.

So plötzlich es geknallt hatte, so schnell war auch alles wieder vorbei. Dachte Ante jedenfalls und nahm endlich Barbaras Anruf an, den dritten innerhalb weniger Minuten. Ja, er sei wirklich da, wo sie ihn vermute.

Ihre Stimme kippte ein wenig. »Wie … aber … du weißt schon, wie jeder weiß, dass heute die Nazis in der Hofburg tanzen und dafür eine größere Sperrzone eingerichtet ist als beim Besuch des amerikanischen Präsidenten?!«

»Barbara, es ist schon alles wieder vorbei, beruhige dich. Wir trinken hier noch aus und dann gehen wir …«

»Willst du mir jetzt weismachen, es ist alles nicht so schlimm und twitterst selber ein Bild, auf dem die Innenstadt auseinandergenommen wird?«

Rundherum wurde viel telefoniert, die Stimmung war eher gedämpft. Einige schimpften, jemand sagte, dass die Demonstranten extra aus Deutschland eingereist seien, und ein Deutscher: »Na, wenn die Polizei die Neonazis zu ihrem Ball eskortiert, anstatt die Randalierer aufzuhalten – ist doch auch eine interessante Vorgangsweise?«

Ivan fragte Ante und Hans, ob sie denn in ihrer Jugend viel demonstriert hätten. Hans, der im Ersten Bezirk in die Schule gegangen war: »Bei uns im Gymnasium hat es zum guten Ruf gehört, gegen den Opernball zu sein, von manchen waren ja die Eltern in der Oper mit dabei, und ihre Kinder davor – bis zur Sechsten war ich regelmäßig, später allerdings, da war das … hat niemanden mehr interessiert.«

»Meine letzte Demo war 1999, gegen die NATO-Bombardierungen Jugoslawiens, des Kosovo.« So lange hat es gedauert, dachte Ante, dass ich da hingehen konnte und öffentlich sagen: Ich bin dagegen. Mit den Eltern konnte er damals zum ersten Mal über den Krieg sprechen, da waren sie alle zusammen bereits Exjugoslawen.

»Aja, stimmt, du bist doch Jugoslawe …?« Ivan schaute Ante fragend an, »Was bist du eigentlich? Kroate, Serbe?«

Hans, der wusste, wie sehr Ante diese Frage mochte, grinste. Der Kellner stellte ihnen drei Bier hin und schaute gütig drein, vielleicht hatte er den letzten Satz auf sich bezogen, vielleicht war auch er Serbe, Kroate, Exjugoslawe. Sagte aber kein Wort. Dann hob er das Schinkenbrot vom Boden auf, das vom Nebentisch gefallen war, vorhin in dem kleinen Tumult des großen Schreckens.

Als sie am Heimweg die Spuren der Verwüstung in der Innenstadt sahen, waren sie noch einmal ernsthaft verwundert, erschrocken auch. Von den paar tausend Menschen, die angeblich friedlich demonstriert hatten, war niemand mehr zu sehen.

Am nächsten Morgen sah Ante im Netz ein Foto von der zerstörten Fensterscheibe des Lokals, in dem er sich zu dem Zeitpunkt, als es aufgenommen worden war, noch mit Hans und Ivan befand. Natürlich gehörte er nicht zu denen, die Auslagen einschlugen, randalierten. Auch nicht zu denen, die ihrer Verwunderung über den Ball und wie es sein konnte, dass die Burschenschaftler und ihre Gäste aus ganz Europa jedes Jahr wieder in der Hofburg feiern konnten, auf der Straße Ausdruck verliehen. So etwas musste doch mit einfachen Mitteln zu verhindern sein. Sicherheit, Terminkollisionen, Brandschutz, irgendwas. Oder es war eben gewollt. Und auch auf ihn wirkte es so, als würde die Polizei anders auf die linken Demonstranten reagieren als auf die rechten Recken. Das war doch immer schon so gewesen. Aber dass er in dem Nobellokal saß und den Randalierern als Bonze galt, das war lächerlich. Er gehörte nirgendwo dazu.

Am Tag darauf sah Ante sich eine Fernsehdiskussion über die Ausschreitungen an. Im Studio diskutierten rechte und grüne Politiker, die man automatisch für links hielt, der Polizeichef und eine Demo-Organisatorin. Vom Schwarzen Block war niemand gekommen. Neben ihm saß Barbara, ihren Laptop vor sich, aus dem verschiedene Gesänge, skandierte Slogans zu hören waren: *Wir sind friedlich, was seid ihr?* Oder: *Unsre Polizisten schützen die Faschisten.* Und: *Rassistisch, rassistisch, ekelhaft, das ist die deutsche Burschenschaft.* An wie vielen Stellen es mittlerweile Überwachungskameras gab, wurde immer dann deutlich, wenn etwas nachgewiesen werden musste. Ante fragte sich, ob man tatsächlich so viel besser sah, wenn man mehr sah, oder ob man nicht einfach leichter vergaß, was wirklich geschah. Barbara verfolgte die Berichterstattung im Internet, klickte immer weiter und bald wieder weg. Das nervte Ante ebenso wie die Diskussion immergleicher Standpunkte im TV-Studio.

Hier saßen sie und diskutierten nicht einmal, während die anderen protestierten, dass alles immer schrecklicher wurde. »Ich werde ins Bett gehen, das macht einen doch krank.« Es bringe nichts, so Ante, gegen Idioten zu demonstrieren, die von Leuten wie ihnen gewählt würden. Barbara verwehrte sich dagegen, sie habe mit diesen Menschen nichts zu tun, sie kenne die Unterschiede. Es gebe Unterschiede. Manchmal dachte sie, es reiche, mit den Menschen zu reden. Mit den Jugendlichen zu arbeiten. Dazu beizutragen, dass sie selber zu denken anfingen. Das war naiv oder zumindest romantisch, sie wusste das. Sie habe eben gedacht, wenn man selber Kinder habe, würde man sich noch viel mehr darum kümmern, wie es um die Welt bestellt sei. Dabei säßen alle jungen und älteren Eltern wie sie doch nur beisammen und diskutierten bei gutem Rotwein darüber, dass alles schlecht sei, aber nie, was man dagegen unternehmen könne. »Haben wir uns damit abgefunden, dass es bei Mülltrennung, Fairtrade-Klamotten und Sozialarbeit im örtlichen Jugendclub bleiben wird?«

Ante seufzte, er schaute nachdenklich, wusste doch, dass mehr möglich sein musste, wusste aber nicht, wie oder was. Er konnte nicht rebellisch denken, nicht nur, weil er es von seinem Vater nicht gelernt hatte. Er strich Barbara übers Haar. »Ach!«

Barbara wusste, dass er auf ihre Fragen keine Antwort hatte, aber sie hätte es sich gewünscht. Sie wollte nicht wegschauen, und das tat sie auch nicht. Aber was folgte auf die Aufmerksamkeit?

Als sie ihren Laptop zuklappte, formierten sich Polizisten gerade in einem Halbkreis, und von irgendwoher war zu hören: *Aufpassen, abschirm.*

18

Auf dem großen Bildschirm, der vor weißen Panelen hing, die wie ein flacher Heizkörper aussahen (eigenartige Möbelteile), lief *Vertigo* von Hitchcock. Der Ton war ausgeschaltet und die Schreibtischlampe darunter, die einzige Lichtquelle außer dem Fernseher, war stark gedimmt. Barbara wollte nicht, dass Mia oder John, die in dem großen Bett neben ihrem schliefen, wieder aufwachten. Über den beiden Betten hing die Reproduktion eines alten Stichs mit einer Karte der Londoner Docklands. John hatte die Themse zuerst für eine Schlange gehalten, und Barbara erzählte ihm vor dem Einschlafen von dem am Ende des 19. Jahrhunderts größten Hafen der Welt, mit Nass- und Trockendocks, Lagerhäusern, Piers und Anlegestellen, wo Holz, Getreide und Kautschuk geladen, Schiffe gebaut und repariert wurden. Obwohl die Bombardierungen im Zweiten Weltkrieg immense Schäden verursacht hatten, bedeutete erst das Aufkommen der Containerschifffahrt das Ende, weil die Londoner Docks zu klein geworden waren, sodass die Hafenindustrie flussabwärts zog. (Nicht dass die Docks und Werften brachlagen, bis sie schließlich abgerissen wurden und neue Stadtteile entstanden, mit Wohnungen, Büros und Banken.)

Sie erzählte von Fischern und von Walfängern. John hatte etwas gegen Walfänger, aber er gruselte sich auch gern. Der große Fluss gefiel ihm, und sie waren noch einmal auf die Terrasse gegangen und hatten sich die Skyline der Canary Wharf angeschaut. Die Hochhäuser, all das Glas, die hypermodernen Gebäude gefielen ihm auch, er fand sie cool. Ante hatte den Kindern für den nächsten Tag eine Bootsfahrt versprochen.

Der ruhige Atem der beiden beruhigte auch Barbara. Sie hatte die Klimaanlage zurückgeschaltet. Ante war mit einem amerikanischen Journalisten in einem Pub.

Barbara brachte mehrere große und kleinere Polster in die für sie ideale Lage hinter ihrem Rücken und unter den Knien, nahm einen großen Schluck aus der Tasse vom Nachttisch. Der Tee war längst kalt. Sie hatte ein Queensize-Bett für sich, das war gut, das genügte für den Moment.

Wie sich der Held in der ersten Szene hatte retten können, war nicht zu sehen gewesen. Vielleicht waren Madeleine und, nach ihrem Sturz in die Tiefe, ihre Doppelgängerin Judy, nur eine fixe Idee des Protagonisten. Die Frau gewordenen Fantasieprodukte seiner Todessehnsucht. Dieser eine Augenblick vor dem Sturz. Der Kameraschwenk nach unten machte Barbara keine Angst. Sie wusste, dass der Schauspieler im Studio stand oder lag oder, wenn er wirklich hing, zwischen ihm und dem Abgrund nur ein sehr kleiner Abstand sein konnte.

James Stewart spielte die Höhenangst, als würde diese ihn abstoßen, auf ihn wirken wie ein inverser Magnet. Er konnte die Leiter oder die Stiege nicht weiter hinaufsteigen. Hatte er es also getan? War er gesprungen, oder blieb es beim Wunsch?

Die gezeigten Orte im Film waren Brachen und Lücken im Stadtbild San Franciscos, einer Stadt, in der Barbara noch nie war. Das alte Haus, der Friedhof, das Museum und das Kloster weit draußen vor der Stadt. Kaum jemand hielt sich da auf.

Hatte Judy denn überhaupt eine Chance gegen das Bild, das der Mann, der für alle anderen stand, von ihr zeichnete? Barbara stellte sich vor, wie immer noch eine Frau an die Stelle ihrer Vorgängerin trat, diese Frau minimal variierte und ihr dennoch so sehr ähnelte, dass der, der sie verehrte (die anderen), nicht abgelenkt wurde. Damit sie so wurde wie die Frau vor ihr. So kam jede Frau in der Geschichte vor, oder: Jede Frau war wie jede Frau. Schaffte sich die Welt nicht die ganze Zeit Doppelgängerinnen, jedenfalls bessere Erinnerungen von einer Frau, falls sie sich wehrte zu entsprechen?

Nachdem Barbara ihre Lehrerinnenausbildung abgeschlossen hatte, war sie sofort wieder nach London gefahren, panisch vor dem, was jetzt kommen sollte. Unterrichten wollte sie nicht, aber was sollte sie dann machen? Es doch als Model versuchen? Die besetzten Häuser von damals gab es nicht mehr, obwohl es nicht einmal vier Jahre her war, und neue kannte sie nicht. Sybille, die sie für eine Freundin gehalten hatte, verdiente ihr Geld als Kindermädchen und machte nur mehr in ihrer Freizeit Fotos, gab aber den Glauben an so etwas wie eine Modelkarriere nicht auf. Wenn sie nicht bei ihrem Freund übernachtete, erzählte sie von dem Stress, den sie mit ihm hatte. Das war ungefähr jeden zweiten Abend. Sybille kam ihr in ihrem Kampf um ein bisschen Karriere und ein bisschen Beziehung viel spießiger vor, als sie sie in Erinnerung hatte. Dass die Südtirolerin in einer Weltstadt lebte, machte das nicht wett. Von Sybilles winzigem Zimmer aus begab sich Barbara täglich auf Wohnungs- und Jobsuche, aber bald war sie völlig zermürbt, es war aussichtslos. Nach zwei Wochen war sie wieder weg.

Das London von heute hatte mit jenem genauso wenig zu tun wie mit der Stadt, die Barbara Mitte der Neunzigerjahre kennengelernt hatte. Wo waren damals die Skyscraper gewesen, die Rooftop-Restaurants und all die Menschen in den Slim-fit-Anzügen und -Kostümen? Sie versuchte sich an die Menschen von damals und an ihre Wege in der Stadt zu erinnern. Namen fielen ihr kaum noch ein, ein paar Déjà-vus hatte sie in Bezug auf Buslinien, aber die Busse brachten sie dann doch woanders hin, als sie es in Erinnerung hatte. Die Kinder interessierte ihr früheres Leben in der Stadt kaum. Aber sie wollten im Doppeldeckerbus natürlich oben und ganz vorne sitzen.

Fehlte es ihrem Leben an Kontinuität? War sie es, die immer alle Brücken abbrach und nicht zurückschaute, oder ging es von den anderen aus? War sie noch der gleiche Mensch wie Barbie mit neunzehn? Irgendwas in ihr wollte diese Person ins Spiel bringen, immer wenn sie sich jemandem vorstellte. Dabei war sie doch von dem Leben, das sie damals geführt hatte, weiter weg als je zuvor. Was gut war. Damals hatte sie keine hochtrabenden Pläne gehabt. Sollte sie nicht froh sein über den Platz, an den sie das Leben inzwischen hingestellt hatte? War sie von ihrem eigenen Bild besessen, das es längst nicht mehr gab? Wie der ehemalige Polizist in Hitchcocks Film, der das Erinnerungsbild einer Frau liebte, nicht die Frau?

Die Lobby mit den bunten Stühlen und den großen, stylischen Lampenschirmen war leer. Vielleicht hatte Barbara das Hotel nur deshalb verlassen, weil es sie überraschte, dass auch die Rezeption nicht besetzt war?

Die Kinder schliefen. Ante war unterwegs, und auch wenn er oft betonte, dass es ihm keinen Spaß (mehr) mache, immer aufzubrechen, ständig unterwegs zu sein: Wenn er unterwegs war, kam er meistens spät zurück.

Sie war einfach nach rechts abgebogen, wollte zum Wasser, aber dann fiel ihr ein, dass sie den besten Ausblick vom Balkon des Hotelzimmers hatte, und sie ging die Straße einfach weiter entlang. Wenige Autos waren unterwegs, ein Fußgänger und ein alter Mann auf einem Fahrrad. Es war noch nicht spät. Hoch aufgeschossene Bäume säumten die Straße, viele grüne Fassaden. Die Häuser in der Straße waren aus Backstein, alte und neue, hübsch langweilig. Es war eine Wohnstraße mit parkenden Autos, Tagesgeschäften, einer Schule, durch die Barbara marschierte.

London war eine Stadt voller Geheimnisse gewesen, eine coole Stadt, international. Das Gesetz gegen Hausbesetzungen war, kurz bevor Barbara zu Didier in das viktorianische Haus zog, verschärft worden, aber immer noch war die Besetzung nicht ganz illegal. Manche der Häuser hatten keine Toiletten, in anderen waren Löcher im Boden, einmal war sie in einem Haus, das über und über vollgemüllt war. Die anderen Hausbesetzer waren Studenten, Arbeitslose, Arbeiter und Künstler, vor allem Musiker. Die Besetzer schufen sich ein vorübergehendes Zuhause und kümmerten sich um die leerstehenden Gebäude. Manche von ihnen lebten vielleicht immer noch in ähnlichen Umständen, die meisten von ihnen würden es sich heute nicht mehr leisten können, in der Stadt zu wohnen. Erinnerungen kamen zurück, während sie durch die Gegend streifte, die sie nur aus Zeitungsartikeln und Erzählungen kannte. Sie versuchte sich an den Namen einer Musikerin zu erinnern, die ihr von einem Haus erzählt hatte, das sie freiwillig geräumt hatten, weil es ein Heim für ledige Mütter werden sollte. Es stand dann noch jahrelang leer.

Barbara wäre gern auf einen Undergroundclub gestoßen, eine unscheinbare Bar mit Livemusik oder ein Pub ohne Gäste aus dem Hotel. Sie hätte jemanden kennenlernen wollen, der ein anderes Leben führte und ihr etwas zu erzählen hatte, aber hier würde sie wahrscheinlich nicht fündig werden. Wenn sie sich in eine U-Bahn gesetzt hätte oder in ein Taxi? Wohin wäre sie gefahren? Auch früher war sie nie ohne Begleitung aufgebrochen, es war immer noch ein komischer Gedanke. Es fühlte sich schon abenteuerlich an, hier herumzustreifen.

Sie musste am Hoteleingang vorbeigegangen sein, als eigenartige Geräusche sie erschreckten, zugleich ihre Neugierde weckten. Sie war sich auf einmal ihrer plötzlichen Freiheit bewusst, die gar keine war, weil sie sich im Dunkeln fürchtete und in der Stadt nicht auskannte. Fragte sich, worauf sie jetzt gleich stoßen würde und warum sie das wollte. Sich aussetzen? Sie war nur eine Straße entlanggegangen. Nur eine Straße, hier kam hinter einem frisch angelegten Wall wahrscheinlich ein Park. Barbara dachte an fragwürdige Sexualpraktiken, nach Gewalt hörte es sich nicht an. Sie schlich in die Richtung, aus der das verhaltene Brüllen kam. Zuerst war es nicht klar zu erkennen. Zwei Menschen, Männer, verschiedene Rhythmen. Der größere der beiden schrie auf, als er sie sah.

Es war bestimmt normal, hier nachts an den Fitnessgeräten zu trainieren. Die beiden hatten ihre eigenen Gewichte mitgebracht, die sie sich um Arme und Beine geschnallt hatten, was ihre Übungen unsäglich mühsam aussehen ließ. Stöhnten laut bei jeder Bewegung, vielleicht half es. Von dem Outdoor Gym in dem kleinen Park hatte man einen fantastischen Ausblick auf die Themse und das gegenüberliegende Ufer. Nichts hier war gruselig. Die Männer trainierten. Sie grüßten Barbara, der größere sagte noch: »You really scared me«, und grinste, sein Gebiss leuchtete.

Als sie zum Hotel zurückging, an der Rezeption vorbei, vor der Zimmertür feststellte, dass sie die Schlüsselkarte nicht eingesteckt hatte, fragte sie sich, ob sie jemals so war, wie sie sich darstellte, wenn sie von der jungen Frau sprach, die in dieser Stadt einen kurzen Anlauf zu einer Modelkarriere unternommen hatte. Die von Paris nach London aufgebrochen und in Salzburg für ein Studium gelandet war, das sie nirgends hinführte, und die schließlich in Wien noch einmal anfing. Wer war sie wirklich?

Sie horchte an der Zimmertür, zu hören war nichts.

Musste sie denn erst herausfinden, wer sie war, wenn sie nicht nur Mutter zweier Kinder sein wollte, die bald noch ein drittes bekommen würde?

Sie dachte an den Film von vorhin, der sie mit all den Hypothesen direkt angesprochen hatte, der sie aus dem gemütlichen und nach dem Atem ihrer Kinder riechenden Hotelzimmer getrieben hatte. Es machte sie wütend. Sie hoffte, dass Ante jetzt aus dem Lift steigen würde. Würde sie je so sein, wie er sie liebte? Würde sie jemals seinen Erinnerungen an sie gleichen?

Die Fahrt mit dem Boot, das direkt vor dem Hotel abgelegt hatte, beeindruckte sie alle. An der Kasse hatte Barbara noch geblödelt und mit ihrer Höhenangst angegeben, als sie dann in die gläserne Kabine des Londoner Riesenrades einsteigen sollten, spürte sie auf einmal wirklichen Widerwillen. Sie fand dieses London Eye ebenso schrecklich wie das Gurke genannte Hochhaus und was sonst noch für das neue Jahrtausend gebaut worden war. Es waren angeberische, kalte Fake-Gebäude, die Prunk und Protz ausstellten: Money, Money, Money. Sie trödelte herum, was dafür sorgte, dass sie ziemlich viele Leute vorließen und dann nur mit zwei Paaren in einer Kabine waren, die sehr geräumig war. Die Kinder waren aufgeregt, Mia meinte, es habe etwas Erhabenes, wie sie gemächlich in die Höhe stiegen.

Den Anfall hatte Barbara erst, nachdem sie den höchsten Punkt längst überwunden hatten. Sie saß und hielt sich mit beiden Händen an der Bank in der Mitte fest. Sie konnte nicht mehr aufstehen. Dass sie sich vor ihren Kindern lächerlich machte oder sie verunsichern könnte, änderte nichts an ihrem Gefühl, mit der abgesperrten Kapsel ins Wasser zu stürzen. Die Panik, jetzt stehen zu bleiben und aus dieser ziemlich hohen Höhe geborgen werden zu müssen. Wie würde das überaupt funktionieren? Über Seile in einen Hubschrauber klettern? Da konnte sie ja gleich springen. John war schon ein bisschen gelangweilt, er setzte sich kurz neben sie, ging dann ein paar Mal im Kreis herum, setzte sich wieder und lehnte sich an sie, streichelte ihren Bauch. Bemerkte ihre Anstrengung nicht. Mia stand am Fenster, neben Ante, machte einen Schritt zur Seite, schaute, fragte. Wenn Ante ihr das Gewünschte erklärt hatte, machte sie wieder einen Schritt, schaute in die Tiefe, fragte. Als sie sich Barbara zuwandte und den starren Blick ihrer Mutter bemerkte, drehte sie sich sofort wieder dem Fenster zu.

Barbara und ihre Freundin wollten sich nur umschauen, sie wussten, dass öfter größere Nachbarskinder da waren. Mit denen hatten sie eigentlich nichts zu tun, aber es machte die ganze Sache noch ein bisschen interessanter. Es dauerte nicht lange, bis die achtjährigen Mädchen von den größeren Kindern bemerkt wurden. Als zwei von ihnen eine Strickleiter herunterließen, sagte Barbaras Freundin: »Komm, wir gehen!«, aber Barbara blieb, nachdem ihre Freundin davongelaufen war. Sie kletterte die Leiter hinauf, obwohl sie sich fragte, ob die anderen ihr eine Falle stellten und ob die Leiter halten würde. Es war ernst. Nachdem sie durch das rechteckige Loch geklettert war, zogen sie die Strickleiter wieder hinauf und warfen sie in eine Kiste. Über das Loch legten sie gelbe Glaswolle.

Das Haus stand am Ende ihrer Siedlung. Barbara war noch nicht in der Schule gewesen, als die Besitzer es zu bauen begonnen hatten. Es wurde nie fertig. Die Mauern waren unverputzt, und im ersten Stock fehlten die Fenster. Um das Haus herum wucherte wildes Gestrüpp, auf der Rückseite war ein großes Brennnesselfeld. Den Kindern war der Zutritt zur »Scheidungsruine« verboten, Barbara war an diesem Nachmittag zum ersten Mal da. Neben der Strickleiter lagen Decken, ein paar Comics und ein abgegriffenes *Bravo*-Heft, außerdem Langhaarperücken und ein paar Kleidungsstücke, und ein tragbarer CD-Player stand am Rand des großen, leeren Dachbodens. Es war nichts zu hören. Barbara rechnete mit einer Mutprobe, aber die Kinder waren alle nett zu ihr, fragten sie, ob sie sich verkleiden möchte, und waren nicht beleidigt, als sie ablehnte.

Sie wussten alle nicht, was sie machen sollten, ihnen war langweilig. Die Brüder, die direkt neben Barbara wohnten, wollten gehen. Nach längerem Hin und Her beschlossen sie, Abfangen zu spielen. Barbara saß am Rand und schaute zu. Wie die anderen immer um das große gelbe Rechteck herumliefen. In fertigen Häusern wäre hier eine Leiter zum Ausziehen gewesen, wie bei ihnen zuhause.

Die Kinder spielten nicht mit der nötigen Begeisterung, alle liefen nur langsam, und als Barbara aufsprang und sagte, sie mache jetzt mit, hatte niemand etwas dagegen. Das Spiel nahm Fahrt auf. Es war eine Herausforderung, schnell zu laufen und das von der kratzigen gelben Glaswolle verdeckte Loch zu umrunden. Der grobe Estrich war warm, an manchen Stellen spürte man Unebenheiten, kleine Erhebungen, Betonkügelchen bohrten sich in die Fersen.

Als sie die Kirchenglocken hörten, unterbrachen die Kinder das Spiel sofort. Nur Barbara lief weiter. Sie lief so schnell sie konnte, und dann sprang sie. Sie sprang direkt auf das Loch zu. Die kurze Zeit des Fliegens nahm sie deutlich wahr, es war genau so, wie sie sich das vorgestellt hatte, genau richtig, nein: besser noch, sie flog wirklich.

Als sie im Stockwerk darunter landete, mit Glück neben dem Stiegenaufgang, der ganz nach unten führte und kein Geländer hatte, kam sie auf dem Rücken zu liegen, was sie wunderte. Sie konnte sich nicht bewegen. Schrie vor Schmerz. Instruierte die anderen Kinder, ihre Eltern zu verständigen und die Rettung. Schrie. Dass sie sie in Ruhe lassen sollten, keinesfalls angreifen. Schmerz. Das Entsetzen in den Gesichtern über ihr war mit ihrem körperlichen Entsetzen gleichgeschaltet. Wie die Kinder den Dachboden verließen, wer bei ihr blieb, wie ihr Vater und Jasmin kamen, daran konnte sie sich nicht mehr erinnern. Sie wusste nicht mehr, wo die Glaswollplatte lag, war sie auseinandergebrochen? Sie wusste, wie sich Glaswolle anfühlte, aber während des Sprungs war es, als hätte sie sie nicht berührt. Wusste sie, dass sie nicht sterben würde, oder war Tod damals überhaupt kein Thema für sie? Sie dachte oft darüber nach, später. Auch das Ausmaß des Schmerzes vergaß sie irgendwann.

Einer ihrer mittleren Wirbel hatte sich bei dem Aufprall um mehrere Millimeter verschoben. Barbara hatte Glück gehabt. Ein- bis eineinhalb Millimeter mehr, und sie wäre gelähmt gewesen. Sie verbrachte einige Wochen im Krankenhaus, in der ersten Zeit liegend und ohne sich im Bett aufrichten zu dürfen. Als ihre Eltern nach drei Wochen an einem Samstag nicht zu Besuch kamen, weil sie zu einer Hochzeit eingeladen waren, betrachtete sie die Strafe als gerecht. Sie weinte den halben Nachmittag. Es wuchs alles zusammen.

Die anderen Kinder erzählten die Geschichte so: Wir wollten gerade wieder hinunterklettern, da ist die Barbara versehentlich daneben gestiegen und gestürzt. Ein Polizist fragte Barbara, ob sie jemand geschubst hätte oder ob jemand ihr wehtun wollte. Der Arzt fragte Barbara, ob sie den größeren Kindern habe zeigen wollen, dass sie so weit springen könne wie sie. Jasmin sagte zu ihr, wenn sie ihr ein Geheimnis anvertrauen wolle, müsse sie wissen, dass die Eltern versuchen würden, alles herauszufinden.

Ihre Eltern entschuldigten sich bei ihr, dass sie sich zu wenig um sie gekümmert hätten. Nachdem Barbara aus dem Krankenhaus entlassen worden war, brachten sie sie einmal in der Woche abwechselnd zur Physiotherapeutin und zu einem Psychiater, mit dem sie über den Sturz, wie alle sagten, reden konnte.

Der Vater nahm sie danach regelmäßig zu Spaziergängen mit, und die Mutter saß manchmal bei ihr, wenn sie die Hausaufgaben machte.

Abends im Hotelzimmer versuchte Barbara, Ante zu erklären, was an diesem schönen Nachmittag in der gläsernen Kabine des London Eye mit ihr los gewesen war.

»Ich habe keine Angst zu fallen. Es ist auch nicht die Höhe an sich. Es ist die Angst zu springen.« Dass die Angst, seit sie Kinder habe, unerträglich groß geworden sei, und immer wieder komme, häufiger als früher. Obwohl es ihnen doch so gut ging.

Wieder schliefen die Kinder in dem großen Bett neben ihrem. Der Fernseher lief ohne Ton, Bilder in Schwarzweiß, aber weder Ante noch Barbara achteten darauf. Die Klimaanlage lief, und die Tür zu dem kleinen Balkon war offen. Sie gingen nach draußen, obwohl Ante zu Beginn von Barbaras dritter Schwangerschaft zu rauchen aufgehört hatte, und schauten lange auf den dunklen Fluss.

19

Zuerst nimmt Ante die Polizisten wahr, die in Gruppen herumstehen; sie tragen weiße Helme, dann die Menschen, die über den Platz gehen, eher schlendern. Etwas Ratloses liegt in der Luft, Erschöpfung. Am Boden Absperrbänder, zertretene Bierdosen, zertretenes Plastik, Scherben, das Pflaster ist nass. Ist es wieder einmal so weit? Ein Gedanke, gleich wieder weg: Hier geschieht nichts mehr.

In wenigen Momenten wird das Licht ganz verschwunden sein, aber jetzt drängen die Farben noch hinter den Häusern hervor. Der Himmel mehr blau als rosa. Niemand beeilt sich. Als würde eine minimale Zeitverzögerung über allem liegen. Über allem, was sich bewegen könnte. Als müsste man selber ein Tempo einhalten, das einem unpassend erscheint. Jede Bewegung drosseln. Sich ruhig halten.

Erst als Ante der totalen Müdigkeit zum Trotz die Richtung einschlägt, in der er sein Hotel vermutet, hört er Klavierspiel, dann erst sieht er den Mann am Flügel. Hinter dem Klavier steht ein Fahrrad, Rollkoffer werden daran vorbeigezogen, langsam, langsam, krächzende und scheppernde Rollgeräusche.

Aus einer Gruppe Polizisten ist zu hören: »Können Sie bitte aufhören.« Weinerlich. Immer wieder: »Ich hab nur meine Meinung gesagt, ich hab nur. Hören Sie auf.« Ein Mann liegt am Boden, von einigen Polizisten abgeschirmt. Man kennt das, die Beamten verhalten sich unauffällig, während in ihrem Kreis einer fixiert wird. Die Stimme klingt lächerlich höflich, es klingt, als wäre ein Mann k.o., vielleicht betrunken oder eben sehr ernüchtert. Ante stellt sich einen untersetzten Mann vor, klein, und die Hose bis über die Körpermitte hinaufgezogen; vielleicht aber auch von einem Gürtel nachlässig gehalten, weicher Jeansstoff, unförmig, in ausgetretenen Kunstlederschuhen oder billigen Sneakers.

Ante sieht den umgestürzten Polizeiwagen, Blaulicht. Er wundert sich über die Ruhe. Mitten auf dem Platz ein schwarzer Flügel auf sehr großen Rollen, die Tastatur grellgrün beleuchtet, und auf dem Klavierhocker sitzt ein Mann in schwarzem Anzug und mit einem ausgewachsenen Bürstenhaarschnitt. Die Beine des Mannes schweben in der Luft. Er spielt *Let it be* von den Beatles in einem schlichten Arrangement, bevor die Akkorde in ein anderes Lied übergehen.

Auf einmal ist es dunkel, das Blaulicht wirkt stärker jetzt, die Straßenbeleuchtung ist angesprungen. Auch dieses Lied kennt Ante, es ist ein Schlager. Die grün leuchtende Tastatur eine kleine Insel auf dem Platz. Um den Klavierspieler hat sich ein Kreis gebildet, ausdruckslos hören die meisten zu, manche unterhalten sich. Als wäre ihnen alles selbstverständlich. Die Ruhe nach dem Sturm.

Ante war einer der ersten, die aus dem Zug gestiegen waren. Anders als sonst drängte niemand zum Ausgang; man war zögerlich, zurückhaltend, obwohl der Zug ziemlich lange vor dem Bahnhof auf die Einfahrt hatte warten müssen. Ante hatte mit einem alten

Herrn gesprochen, sie hatten überlegt, ob sie über die Gleise davongehen sollten, ein Taxi rufen, für das letzte kleine Stück, waren aber davon abgekommen. Wenn der Zug wegen einer Demonstration nicht in den Bahnhof einfahren konnte, dann würde auch ein Taxi nicht durchkommen. »Demo! Dass ich nicht lache!«, schnaubte der Alte, der in der offenen Tür des ICE eine Pfeife rauchte. Der Schaffner wollte es ihm verbieten; auf einmal schien ihm das selbst lächerlich, und er entschuldigte sich für das Versehen, dass die Türen überhaupt geöffnet worden waren.

Es wurde diskutiert, die Meinungen waren geteilt, aber mehrheitlich gegen die Demonstration. Die meisten hatten sich telefonisch oder im Internet informiert. Hooligans verschiedener Fußballvereine hatten zu einer Demonstration gegen Salafisten aufgerufen und zerlegten jetzt den Bahnhof. Die Menschen im Zug waren empört, nicht ängstlich.

Als der Zug endlich im Bahnhof hielt, wurden Gruppen von Demonstranten gerade in bereitgestellte Züge eskortiert. Sie gingen freiwillig. Verschwitzte, glatzköpfige Männer, jüngere, ältere und solche, die aussahen wie abgehalfterte Rocker, Frauen mit ausrasierten Schläfen, aber auch biedere Mädchen. Erstaunlich, dass man die Nazis an ihren Glatzen, an ihren akkuraten Scheiteln und Frisuren erkannte, aber die dazugehörigen Frauen, die hatten ganz unterschiedliche Frisuren, weniger einheitliche Outfits. Trotzdem waren auch sie sofort zu erkennen. Vielleicht lag es mehr am Blick als an den Haaren? Sture Blicke. Verkatert wirkten sie und ziemlich zornig. Blonde Tussis, dachte Ante, aber auch Dunkelhaarige gab es und ältere Frauen. Muttis, dachte Ante, deutsche Muttis, und sie waren mit ihrem Nachwuchs auf dem Nachhauseweg. Es war ein ziemliches Gedränge, man wollte bei niemandem anstreifen. Bei niemandem. Ante hatte komische Gedanken. Als wäre das Wochenende an einem frühen Sonntagabend nun zu Ende, ganz gleich, was man gemacht hatte. Ausflug so oder so. Kaum ein Unterschied zwischen einem Wandertag, einem Besuch in der Ausstellung oder einer Prügelei mit Islamisten. Den *Tatort* im Fernsehen würden sie heute nicht mehr sehen können, aber es würde auch nicht allzu spät werden, und morgen ging es wieder an die Arbeit. Konnte man den Hass auf alles Fremde (wenn es darum ging) so einfach einbauen in seine Freizeitaktivitäten?

Auf dem Bahnsteig Glasscherben und jede Menge Müll. Bierdosen, zerfetzter, aufgeweichter Karton. In den Bahnhofsläden standen Leute herum, Scheiben waren eingeschlagen, Regale herausgerissen, der Boden nass und dreckig. Oft kam es nicht vor, dass Ante Erleichterung empfand, wenn er so viele Polizisten auf einem Fleck sah.

Sein Hotel ist ein kleines, ein wenig altmodisches Haus, das wie die meisten Unterkünfte, in denen er übernachtet, wenn er auf Reisen ist, seine beste Zeit hinter sich hat, dabei aber irgendwie charmant geblieben ist. Die Räume dürfen nicht zu klein sein, und die Matratze muss etwas taugen, alles andere ist unwesentlich. Manchmal nächtigt Ante auch in Luxushotels, aber eigentlich ist es ihm egal, wo er absteigt. Die Unterkunft liegt nur ein paar Minuten vom Bahnhof entfernt, er findet sie gleich. Die Frau an der Rezeption fragt nach seiner Anreise, sie fragt nicht, ob er mit dem Auto gekommen sei. Es tut ihr leid, dass die Welt so ist wie sie ist, hier vor allem. Sie erwähnt, entschuldigend, eine Gegendemonstration, von der man ja gar nichts mitbekommen habe. Sie will wissen, was er denkt, aber auch, was sie noch für ihn tun könne. Ob er noch das Fitnessstudio benutzen wolle, dann würde ihn jemand vom Hotel hinbringen; empfehlen würde sie es nicht, es seien zwar nur zwei Straßen zum Studio, aber ganz ruhig sei es noch nicht in der Stadt. Sie spricht sehr kontrolliert, dabei kann sie gar nicht aufhören, sich aufzuregen, redet immer weiter in diesem geschäftigen Tonfall, der etwas unterdrücken und ihn gleichzeitig herausfordern will. Was will sie von ihm wissen? Ante ist sich trotzdem nicht sicher, wem sie gerade die Schuld an den Ausschreitungen gibt: den Islamisten, den Hooligans oder den Bullen. (Bullen, denkt er, und: Nur in Deutschland kommt mir dieses Wort in den Sinn, niemals in Wien.) Ante sieht sich in der kleinen Lobby um, geht in sein Zimmer. Desperat, so sind wir, zuhause und auch in der Ferne, und immer wieder denkt er: desperat.

Ante schaltet den Fernseher ein, stellt die Internetverbindung seines Tablets her, surft durch die Nachrichten, liest seine E-Mails und stellt sich danach unter die Dusche.

Am Tag zuvor ist er in Berlin gewesen, um sich im Olympiastadion ein Spiel anzusehen, jetzt kommt ihm vor, das ist sehr lange her. Die Berliner spielten gegen den *Hamburger SV* und gewannen. Er war mit Freunden dort, die, seit sie in Berlin leben oder doch zumindest die meiste Zeit da sind, zu der Alten Dame halten. »Alte Dame, Alte Dame, *Hertha BSC* dein Name« hatten die Anhänger eher geschrien als gesungen, ein grölendes Feld in Blau-Weiß. Ante gehen die radikalen Fans aller Mannschaften auf die Nerven, aber die Berliner Ultras waren verhältnismäßig zurückhaltend, nur ein Spieler, der in der vergangenen Saison noch in Berlin war und nun für die Hamburger spielte, bekam ein Pfeifkonzert zu hören, aber das war normal.

War das Interesse am Fußball nicht nur mehr eine einzige riesengroße Geste, die ins globale Leere lief? Die Geschäfte und Geschäftemachereien weltumspannend, gesteuert und kontrolliert von einem luxuriösen, Fort-Knox-mäßig bewachten Headquarter in Zürich. Ante hatte Fotos aus einem Architekturbericht vor Augen, die sich über die Bilder eines verregneten Nachmittags legten, den er mit Barbara und Mia auf dem Zürichberg verbracht hatte.

Nachdem sie lange im Zoo gewesen waren, wollten sie in einem Luxushotel in der Nähe noch Tee trinken. Auch dieser Weg, nicht nur der zum Zoo, war länger als vermutet. Es war kalt und unwirtlich, was den Ausflug mühsam machte; nur Mia war gelassen, sie störte das nasskalte Wetter nicht. Sie hätten mit dem Taxi in ihr Hotel zurückfahren können, aber das wäre eine Abweichung von ihrem Plan gewesen, der so fix und wichtig schien, dass sie schon kaum noch Freude daran hatten, vor allem, weil sie beide, die Erwachsenen, in feuchten Schuhen steckten. Als sie endlich im Café des Grandhotels saßen und in den grauen Nachmittag hinausschauten, empörte sich Ante die ganze Zeit über das neue FIFA-Gebäude, an dem sie auch noch vorbeigekommen waren. Man sah nicht viel, hohe Zäune, ein weitläufiges Gelände, ein Hochsicherheitstrakt, der erst kurz zuvor fertiggestellt worden war. Vereinsgebäude! Das war doch ein Witz! Vor ihnen auf dem Tisch feines Teegeschirr, kleine bunte Kekse auf einer Étagère. Barbara versuchte, die Balance zu halten, das machte sie meistens in solchen Situationen. Sie genoß die edle, teure Umgebung, das gefiel ihr irgendwie. Sie musste aber auch eine Art Hochmut darstellen, unauffällig, aber doch zum Ausdruck bringen, dass sie die Reichen oder Neureichen, die jungen Frauen an der Seite älterer Männer, maximal ignorierte. Hätte sie jemanden gesehen, den sie irgendwie, ein bisschen, bewunderte, eine Musikerin mit Entourage oder einen Schauspieler, hätte sie die auch ignoriert, natürlich, aber anders. Das Distinguierte gefiel ihr, aber sie verachtete es auch. Gleichzeitig versuchte sie, ihre Tochter davon abzuhalten, den Saft auf die Serviette zu kippen oder etwas in der Art zu veranstalten. Sie wollte aber auch ihr Kind nicht die ganze Zeit kontrollieren, sie wollte sich mit Ante unterhalten, halblaut, lässig, beiläufig. Diese Anstrengungen waren der Grund, dass solche Reisen selten waren und noch seltener wurden, seit John auf der Welt war. Das hieß, dass sie demnächst gar nicht mehr verreisen würden. Ante überlegt, ob Barbara damals gerade schon oder gerade noch schwanger war, an einen dicken Bauch kann er sich nicht erinnern, obwohl es doch gar nicht so lange her ist. Mitten in seinem Ärger über das FIFA-Gebäude wollte er ihr vorschlagen, hier, im *Dolder*, noch ein paar Tage anzuhängen, und wenn das Wetter besser gewesen wäre, hätte er es wohl auch getan. Er ließ es bleiben. Was für ein lächerlicher Gedanke! Luxusleben, Privilegien, Exklusivität.

Seither ist alles noch viel schlimmer geworden, und man schämt sich fast, wenn man auf den Fußballplatz will. Antes Interesse am *Hamburger SV* stammt aus einer anderen Zeit, einem anderen Jahrhundert. Er kultiviert es mit Hingabe und Skepsis, während seine Freunde und Bekannten ihre Leidenschaft für die *Hertha* ausleben. Es geht ihnen darum zu zeigen, dass sie mehr als nur temporäre Hauptstadtbewohner sind. Er hat in Berlin keine Geschäfte gemacht, zwei Händler besucht, mehr aus Freundschaft und Routine denn aus Notwendigkeit.

Als Ante noch einmal die Bilder vom späten Nachmittag auf YouTube anschaut und den Klavierspieler auf dem Breslauer Platz erkennt, fällt ihm auch der Titel des Schlagers ein. Wie absurd, dass ein Straßenmusiker das spielt. Was will der denn behaupten mit seinem Klavierspiel? Dass es auf ein paar tausend Nazis, die durch eine große deutsche Stadt ziehen, betrunken schlechte Reime grölen und ihren Hass an allen auslassen, die ihnen ein paar Fragen stellen und sie fotografieren oder filmen wollen, nicht ankommt? Dass es selbstverständlich ist, die Hand zum Hitlergruß in die Höhe zu strecken und die Redner, regionale und nationale Führer, die Namen wie Comicfiguren haben und auch so aussehen, abzuschirmen? Dass das alles nicht zählt, dass man nur ein Lied spielen muss und noch eins, solange man von sich selbst behaupten kann, ein Künstler zu sein?

In einem Video sieht Ante sich selbst an der Gruppe von Zuhörenden vorbeigehen. Er stellt die Wiedergabe auf HD und den Balken ein paar Sekunden zurück, ja, das ist er. Er blickt nicht in die Kamera, die er sich jetzt als Handy denkt oder als einen kleinen Fotoapparat, an eine richtige Kamera kann er sich nicht erinnern. Ante sieht, dass er genauso leer dreinschaut wie alle anderen. Auch er ist einfach nur da, wird ab jetzt immer in diesem kurzen, unscharfen Film herumspazieren; wahrscheinlich gab es noch weitere Videos von diesem Nachmittag, von dem anbrechenden Abend, in denen er vorkommt. Bilder von betrunkenen Horden, die schreiend hinter der Polizei herlaufen oder vor ihr davon, vor dem Wasser, das aus panzerartigen Fahrzeugen nach ihnen geworfen wird, vor dem Tränengas. Menschen, die sich aus den Fenstern lehnen, auf die Rennenden schauen, Zaungäste am Straßenrand. Bilder, auf denen eindeutig identifizierbare Männer und ein paar Frauen einer Naziband zuhören, zuprosten, zugrölen. Die für Journalisten, die ihnen vor laufender Kamera Fragen stellen wollen, nur Hohn übrig haben, sich abwenden, noch einmal hinblaffen, als wären sie Kampfhunde, eine beleidigte, aber edle Rasse. Und am Ende dann diese unentschiedenen Bilder vom Bahnhofsvorplatz, auf dem alle herumstehen; ein paar kommen aus dem Bahnhof heraus (wie er), ein paar gehen hinein, im Hintergrund die Musik. Uninteressante Bilder von Menschen, die gar nicht bemerken, dass sie gefilmt werden, die sich aber auch dann nicht bemüht hätten, etwas darzustellen. Ständig hat man das Gefühl, das wirkliche Geschehen spielt sich woanders ab, aus welchen Gründen auch immer ist es auf diesen teils unscharfen, teils verwackelten Smartphonefilmen gerade nicht zu sehen. Kommt der Unfähigkeit entgegen, da hinzuschauen, wo die Musik spielt. Wobei, Musik.

Menschen, die auf dieses oder ein ähnliches Video stoßen würden, ermittelnde Beamte der Staatsanwaltschaft, Hooligans auf der Suche nach ihren Spuren im Netz, und alle anderen, alle möglichen und unmöglichen Viewer, würden ihn sehen. Vielleicht nicht wahrnehmen, aber sehen.

Das Video ist vor einer halben Stunde hochgeladen worden, es ist noch unkommentiert. Ante schaut sich die Passage noch einmal an. Er weiß, dass er verlangen könnte, dass das Video gelöscht wird. Ob er Erfolg haben würde, ist eine andere Frage.

Er fällt nicht auf, er ist ein Mann mit einer Reisetasche über der rechten Schulter, unrasiert, die grauen Schläfen sieht man nicht. Man könnte ihn für einen türkischstämmigen Kölner mittleren Alters halten, der nachhause kommt, sich nicht für Straßenmusik interessiert und trotzdem kurz stehenbleibt. Dabei ist nicht einmal Verwirrung in seinem Blick, sondern nur Desinteresse. Die Müdigkeit des Platzes. Nicht besonders genervt, nicht gerade begeistert, so sieht er sich, und ganz bestimmt hat dieser Mann nichts mehr vor in seinem Leben, zumindest nicht an diesem Abend. Der Gedanke lässt ihn einen Moment innehalten. Warum sollte jemand, irgendjemand denken, er habe keine Ziele, keine Pläne, keine Visionen? Er hat tatsächlich nicht besonders viel vor, außer dass es so weitergehen soll, ungefähr, in seinem Leben. Aber das ist ja nicht wenig, das ist doch nicht nichts. Er denkt an seine Frau und an seine Kinder. Dass er sie vergessen kann, als gäbe es sie nicht, nach nur zwei, drei Tagen. Dass er ein gutes Leben führt. Er hätte sich mit viel weniger abgefunden.

Als müsste er den Gedanken korrigieren, spult er das Video zurück und sieht sich noch einmal an der Gruppe von Leuten vorbeigehen, die um das Klavier herumstehen. Vielleicht ist etwas Verlorenes an ihm. Er selbst würde sich so nicht wahrnehmen. Es ist ihm lediglich anzusehen, dass er weder der einen Gruppe noch einer anderen angehört. Dass er kein Hooligan ist, kein Salafist, aber auch kein Gegendemonstrant. Jetzt erst fällt ihm auf, dass Salafisten nur in den Bildunterschriften vorkommen, dass sie als Ziel und Anlass der Demo genannt werden, dass er aber weder in der Stadt noch auf einem der Nachrichtenbilder oder im Internet einen sogenannten Salafisten gesehen hat. Würde er einen Salafisten erkennen? Was unterscheidet einen Salafisten von einem Islamisten? Ante weiß es im Moment nicht, wusste es aber vielleicht schon einmal, er ist durchaus jemand, der Nachrichten liest und sich informiert. Er ist ein österreichischer Kleinunternehmer auf Geschäftsreise. Für die Probleme der Deutschen mit den Islamisten ist er heute nicht zuständig, er muss sich dafür nicht schämen.

Im Traum sieht Ante Bilder vom Kölner Bahnhof und von Menschen, die sich als dunkler Strom mit Kerzen und Fackeln eine Straße entlangschleppen, vielleicht die Ringstraße in Wien vor zwanzig Jahren, eine Demonstration gegen das Antiausländervolksbegehren der FPÖ. Im Traum hört er Wolfgang Ambros, Willi Resetarits und die *Tschuschenkapelle* und grölende Nazis. Mittendrin eine weiche Frauenstimme: »Sorry, jetzt ist der Krieg leider doch zu uns gekommen.« Ante schaut aus der Vogelperspektive auf einen riesigen Demonstrationszug und findet sich inmitten von deutschen Nazis wieder? Dann Zoom nach unten. »Wenn du nicht vom Boden hochkommst, werden die Störche ohne dich in den Süden …«, sagt Chris Lohner, die jeder von den Ansagen auf österreichischen Bahnhöfen kennt und die, als im Fernsehen das Programm noch persönlich angekündigt wurde, Fernsehansagerin war. Kein ehrenrühriger Beruf, wenn auch nichts von Belang; wie meine Arbeit, denkt Ante im Traum.

An den Menschenmassen, die jetzt keine Kerzen mehr in den Händen halten, sondern Handys mit eingeschalteten Taschenlampen, fahren riesengroße Kriegsschiffe vorbei, auf denen Soldaten in dichten Reihen das Feuer auf die Demonstranten eröffnen. Ante demonstriert nicht mit den anderen, er liegt auf dem Boden, sieht die anderen nicht, aber versteht, dass sie davonrennen. Ante weiß im Traum, dass er unsichtbar ist, aber nicht, ob das gut ist oder schlecht.

Sein Handy vibriert und leuchtet, er hat drei verpasste Anrufe von Jasmin.

Als Ante Jasmin endlich erreicht, ist sie mit Barbara schon im Krankenhaus. Plazentablösung, Blasensprung, wahrscheinlich Notkaiserschnitt. Jasmin kann ihm wenig sagen, außer dass sie nicht weiß, wie gefährlich es ist. Auf dem Weg zum Flughafen ruft er die Schwägerin noch einmal an. Sie erwähnt, dass eine Nachbarin im Haus ist, weil René einen Übernachtflug hat. Dann ist die Verbindung aus. Ante denkt an die Kinder, Esther und Dario oben, Mia und John unten. Er will nicht überlegen, was gewesen wäre, wenn Jasmin nicht im Haus gewesen wäre.

Er hat einen Platz im ersten Flugzeug bekommen, das ihn von Köln nach Wien bringt. Er hat alles in seine Reisetasche gestopft, das Tablet, das unter den Polster neben ihm gerutscht ist und vermutlich immer noch am Ladekabel hängt, vergessen und das Hotel ohne zu bezahlen verlassen, weil die Rezeption nicht besetzt war.

Er steht auf dem Flughafen von Köln, es ist sechs Uhr in der Früh, und er hat keine Ahnung, ob er hier schon einmal gewesen ist. Er checkt ein.

Vor ihm liegt ein Foto von Barbara, es ist vielleicht eine Woche alt, vielleicht zehn Tage, sie hat es mit Selbstauslöser aufgenommen. Im Türrahmen zum Wohnzimmer im Erdgeschoß sieht man sie bei einem Handstand, die Beine in je einem Eck. Sie trägt einen weißen BH und weiße Leggings. Es ist eine Aufnahme im Profil und Barbara ist weder anzusehen, dass viel Kraft notwendig war, um in diese Position zu gelangen, noch, ob sie diese Übung anstrengt. Der Bauch ist gut zu erkennen. Man sieht ihre Größe deutlich, die wirklich sehr langen Beine.

Bei seiner Abfahrt vor drei Tagen war alles in Ordnung, es gab keinen Anlass zur Sorge. Alles war normal. Seit Barbara wieder arbeitet, ist sie irgendwie fröhlicher, und der Alltag ist einfacher geworden, obwohl er doch stressiger ist, auch für ihn. Die Schwangerschaft hat sie überrascht, und auch wieder nicht.

Auf Fotos sieht man immer das Vergangene, aber auf diesem ist mehr zu sehen, es ist auch voller Zukunft. Nicht nur, weil Barbara ein Kind im Bauch trägt. Sie hat sich entschieden zu bleiben. Bis auf weiteres. Immer nur bis auf weiteres, das weiß Ante. Jeder Mensch kann plötzlich aus dem Rahmen fallen, der ihn bislang gut gehalten hat, er weiß es. Du kannst auf einen anderen treffen oder auf eine andere und das alte Glück ist mit einem Mal unerträglich, einfach abgelaufen. Er kennt Barbaras Angst, dass eines ihrer Kinder auf die Straße läuft und ein Autofahrer sieht es zu spät. Ihn begleitet diese Angst nicht. Eher die, was es mit ihr anstellen würde. Vielleicht würde auch ihr kleines Familienglück im Lauf der Zeit verfallen wie ein Motiv, das man vor langem einmal fotografieren wollte. Vielleicht würden sie weiterleben, ohne zu bemerken, dass es gar nicht mehr da war, nicht mehr existierte, obwohl man es jeden Tag als eine Selbstverständlichkeit betrachtete. Aber daran glaubt Ante nicht. Du kannst deiner Umwelt abhandenkommen wie ein Vater, wie Stevan, der nur noch körperlich anwesend ist. Dessen Interesse an der Welt und an Geschichten, dessen Fürsorge für sich und die anderen ausgelöscht worden ist von ein paar Hooligans, einfach so.

Die Vorstellung, dass das Foto von Barbara ihre Abwesenheit vorwegnimmt, dass sie nicht mehr da ist, wenn er aus dem Flugzeug steigt und endlich im Krankenhaus nachfragen kann. Die Fotografie, die die echte Person auslöscht. Als würden Welt und Bild, das Echte und die Abbildung einander gegenüberstehen, einander ausschließen.

Manchmal fragt er sich, ob Musik oder Bilder, die von irgendwoher kommen, die keinen körperlichen Speicherplatz haben, überhaupt existieren. Wie vergeblich, wie vergänglich. Und dass er die Begeisterung so vieler für Barbaras Bilder im Netz vielleicht deshalb nicht teilen kann, weil sie ihm wie gar nicht vorhanden vorkommen. Greifbar sowieso nicht. Weil er einer ist, der den Sound am liebsten von einer Platte über den Verstärker und zwei Boxen auf Körper überträgt.

Bis vor ein paar Stunden war Ante sicher, dass sie zusammen alt werden würden. Hungrig manchmal, und manchmal satt.

Barbara, die ihre lebensmüden Phasen überwindet. Immer wieder. Dafür ist auch er zuständig. Wie die Fernsehansagerin, die mit ihren schönen Augen und ihrer schönen Stimme die Menschen ein bisschen glücklich machte. Drei Kinder, die Barbara und ihn irgendwann verlassen würden, alles ganz normal. In dem Moment kommt ihm der Überblick, der bislang ganz selbstverständlich war, abhanden. Barbara mag es nicht, wenn er von ihnen als alten Leuten spricht, mit erwachsenen Kindern, Enkeln und einem Lebensabend. Sie ist doch noch viel weiter davon entfernt als er. Sein Wunsch, alt zu werden, kommt ihm wieder so unnötig vor wie vor Jahren, bevor er sie kennenlernte.

Jetzt kann er sich ein Leben mit Mia und John und vielleicht noch einem Wesen, dessen Geschlecht er noch gar nicht kennt, nicht vorstellen.

Was für ein Leben sollte das sein, ohne sie?

Während Ante von Köln nach Wien fliegt, bringt Barbara eine Tochter zur Welt. Aufregung und Routine, Glück gehabt. Das Baby muss beatmet werden, es verbringt die ersten Stunden im Brutkasten. Seine Lage stabilisiert sich bald, es atmet schneller als erwartet selbst. Als Ante im Krankenhaus eintrifft, ist auch Barbara bereits außer Lebensgefahr.

20

Monate später stößt Barbara auf ein digitales Kondolenzbuch und darin auf eine Traueranzeige für eine Barbara Knapp, geborene Stiefter, die am 26. Oktober 2014 in einem Ort namens Sonntag in Vorarlberg verstorben ist. Es ist der Tag, an dem Barbara ins Krankenhaus eingeliefert wurde und ihre Tochter Isabell auf die Welt gekommen ist. Der Tag, an dem ihr Leben am seidenen Faden hing.

Hätte es sein können, dass zwei Menschen, die den gleichen Namen tragen, an ein und demselben Tag sterben? Als Barbara Ante von ihrem Internetfund erzählt, bleibt sein Herz stehen. Oder es ist eine Panikattacke. Der Gedanke, dass seine Frau sterben hätte können.

Die alte Vorarlbergerin (von der weder Barbara noch Ante wissen, dass sie aus Südtirol stammte und als Mädchen zufällig auf den Hof ihres späteren Mannes gelangte, den sie nicht hätte bekommen sollen, wenn es nach seinen Eltern gegangen wäre) hatte vor über fünfzig Jahren, wie es üblich war, den Namen ihres Mannes angenommen und war so zu einer lebensrettenden Doppelgängerin Barbaras geworden. Die bis an ihr Lebensende Knapp heißen würde.